藍小說 ⑨③①

村上春樹作品集

懷念的一九八〇年代

村上春樹著　張致斌譯

前言

收錄在本書中的短文，是一九八二年春天起，到一九八六年二月爲止大約四年的時間，我在《運動畫刊》（*SPORTS GRAPHIC NUMBER*）雜誌上連載的作品。無論從哪方面來說，我都不太喜歡連載，不論什麼樣的主題，持續個一年就會不耐煩了，長期在這《運動畫刊》上面連載，可說是例外中的例外。

說起爲什麼會持續這麼久，理由其實很簡單，就是寫起來眞的很快樂。首先就是《運動畫刊》會爲我送來一大疊美國的雜誌和報紙，每個月一次或兩次。內容包括《老爺》（*Esquire*）、《紐約客》（*New Yorker*）、《生活》（*LIFE*）、《時人》（*People*）、《紐約》（*New York*）、《滾石》（*Rolling Stone*）以及其他各種雜誌，還有周日版的《紐約時報》（*New York Times*）。我只要躺在家裡啪啦啪啦翻閱雜誌，看到有趣的報導就作成剪報，然後以日文整理出原稿。這就完成了一篇。

怎麼樣，看起來很愉快吧？說老實話，眞的是很愉快。

這些雜誌中，利用機會最多的算起來要數《老爺》，其次是《時人》，還有周日版的《紐約時報》，再來就是《紐約客》。嗯，《時人》這種以TV觀念編輯的雜誌就先擱在一邊不談，《老爺》與《紐約客》這兩份優質雜誌，充實的內容則令人深感佩服。四年間一期期讀下來，內容完全不會讓人感覺到一絲鬆散。企劃方向多元而且執行嚴謹，撰文者優秀，也不會出現好像在應付差事的稿子。話雖如此，整體而言仍然非常流暢。由於長期閱讀這樣的雜誌，使得我根本看不下日本出版的雜誌。為什麼日本的雜誌要有那麼多連載、中傷、謠言，以及對談呢？

總而言之，就這樣相當愉快地閱讀美國雜誌作剪報持續了四年之後，再將八十一本（原本應該有八十五本，因故遺失了四本）整理好，試著依照順序讀下來之後，忽然陷入一種懷舊的思緒中：雖然這個世界上有一堆有的沒的事情，可是還眞有趣啊。尤其面對的僅僅是兩、三年前的事情而已！例如〈麥可•傑克森模仿秀〉那一個題目中提到的麥可模仿者，他們如今身在何處，又在做些什麼呢？想著這樣的事，心情不由得變得有些落寞有些奇特有些不可思議。哎呀呀，難道這已經成爲歷史了嗎？關於一九八四年，我們也可以用這樣的方式來描述：麥可•傑克森旋風席捲全世界的那個夏天……

當然，並不是說所有的一切都得以保存延續。有些僅僅是過眼雲煙般的贗品（fake），有些則是明確的預兆。在這層意義上，這本剪報簿不過是個名副其實的大雜燴，只要能夠讓讀者在翻閱的時候產生「沒錯沒錯，這我也知道」或是「咦，有這麼回事啊」之類的回應，愉快地享受一趟「近過去之旅」，我就很高興了。唯獨有件事情必須在此先說明一下，我所做的剪報大多是些無關緊要的小話題，並沒有閱讀之後就能夠拓展視野、讓心靈成長這一類的內涵。所以，請以搬家整理東西時，從櫃子裡翻出了古老的畢業紀念册，於是打開來一頁頁看下去——這樣的心情來閱讀。

放在最後作爲附錄的，是我參加東京迪士尼樂園開幕前招待媒體的遊園之旅後所作，具有歷史意義的報導文學（這當然是誇張的表現法），以及〈與奧運沒什麼關係的奧運日記〉，兩者當然也都是發表在《運動畫刊》上的作品。〈奧運日記〉所記錄的，是一九八四年洛杉磯奧運的十六天賽程間，身在日本國內的我在日常生活中做了些什麼，不論以何種觀點來看都算不上什麼有價值的日記，《運動畫刊》到底是爲了何種日的而將這種東西依據標題就收錄在令人感動的奧運增刊號《刹那的光輝》中，我至今仍然覺得莫名其妙。

不過，迪士尼樂園開幕以及洛杉磯奧運，要說是八〇年代發生的重要事件應該也不爲過，因此也決定收錄在本書中。

村上春樹

村上春樹

懷念的一九八〇年代

【目錄】

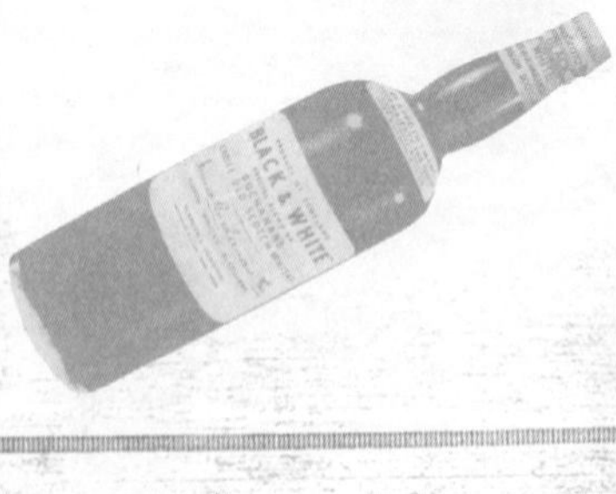

女に
無料進呈です。
スグお申込みください。

STAN

The WOLF MAN

ゴルフ

懷念的一九八○年代

村上春樹

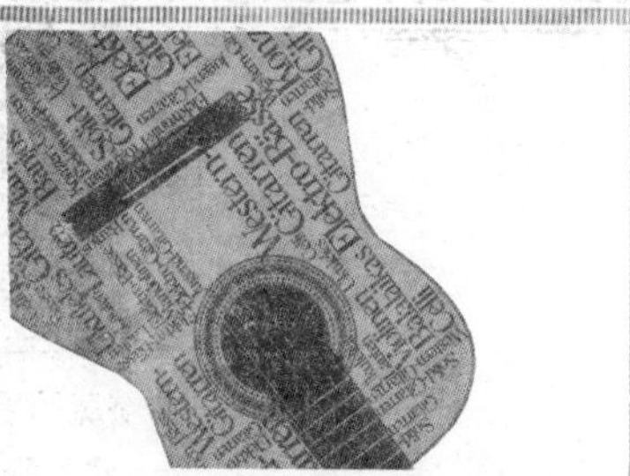

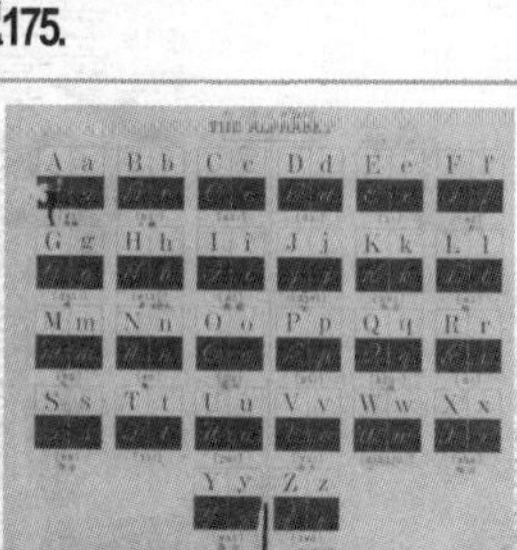

一九五一年的捕手

（'82・4・20＝《運動畫刊》刊載期號。以下均同）

「已經持續當了三十年的捕手了。」

這句話所說的，並不是強尼・班區（Johnny Bench）或野村克也這些人，而是指一九五一年由J・D・沙林傑（Jerome David Salinger）所創作的《麥田捕手》（*The Catcher in the Rye*），賀登・柯菲爾（Holden Caulfield）。

為紀念《麥田捕手》出版三十週年，十二月號的《老爺》雜誌企劃了一個名為〈迎向中年的捕手〉的小特集。連小說都有人為它慶祝生日，實在是件了不起的事。一般來說，如果經過二十年評價仍然不變的話，這書就可稱為經典了，而歷經三十個年頭的《麥田捕手》，即將與《白鯨記》（*Moby-Dick*）和《大亨小傳》（*The Great Gatsby*）並駕齊驅躋身美國文學的榮譽殿堂的氛圍，似乎越來越濃厚了。

根據《老爺》雜誌的資料，《麥田捕手》就銷售量來說，已經完全凌駕了《白鯨記》與《大亨小傳》。取得平裝本版權的Signet出版社，在最初的十年中共售出三百六十萬冊《麥田捕手》；後來接手版權的矮腳雞（Bantam）出版社，如今每個月出貨至全國書店與雜貨店的《麥田捕手》，仍然可達兩、三萬冊。

若以總數來計算，《麥田捕手》這三十年年來的銷售量已經超過了一千萬本。這個銷售數字，足以與平克勞斯貝（Bing Crosby）的唱片《白色聖誕》相匹敵。

此外，《麥田捕手》如今也已經成爲美國公立學校使用最頻繁的小說教材之一了。回想起此書在五〇年代因爲「污穢文體」的罪名而遭受迫害一事，實在是令人難以想像。雖然《麥田捕手》中一共使用了兩百三十七個 Goddamn 和五十八個 Bastard，但是 Fuck 和 Shit 出現的次數則是零，由此也可一窺美國人道德觀念的變化，很有意思。換句話說，在所有的意義上，《麥田捕手》都已經成爲古典小說了。就我個人來說，若要問對於《麥田捕手》的感想，我決定還是不要作任何表示。批評體制畢竟是會遭致反感的。

前不久，雷根政府裡的「道德多數派」推動了反《麥田捕手》運動，有好幾個州的公立學校已經將此書從推薦書單中除名。從這一件事情來看，賀登・柯菲爾君的影響力或許尚未過時也不一定。或許他根本不把毀譽褒貶當回事，如今依然繼續在某處的麥田裡默默當著捕手也不一定。若是與作者本身的凋零相比，我覺得這可是件相當了不起的事。

還有就是，即使放著不管，每個月仍然可以賣出兩、三萬本，到底會是個什麼樣的感覺呢？

達克・奇特漢的人生

（'82・5・5）

《紐約客》雜誌這個月所推薦的高齡小喇叭手，是出生於一九〇五年的達克・奇特漢（Doc Cheatham）。說起達克・奇特漢，年輕人或許大都不認識，可是他與哈洛德・貝克（Harold「Shorty」Backer）搭檔，於一九六一年灌製的《Talk That Talk》，這張名氣專輯，確實是當時中間派即興演奏中非常棒的作品，也是我長年來的愛聽片。可是我並不知道他目前仍然活躍於樂壇。

根據撰文者惠尼・巴利艾德（Whitney Balliett）的說法，達克的小喇叭演奏完全不失昔日的光彩，音色也絲毫不會沙啞顫抖。

長壽的祕訣在於節制，達克表示。盡量避免獨奏，也不要過度吹奏。早睡早起，早上好好吃早餐。由於達克自己一個人生活，所以要自己打掃、洗衣、做飯，有空的時候才練習小喇叭。抬頭挺胸，以正確的姿勢吹奏樂器。一直活得有尊嚴，而且與人無爭。不要喪失對音樂的信念與熱愛……等等。據說過著這樣的生活，老了以後就不會變得癡呆。我也非得好好學習學習不可。

若是就鮮少獨奏這一點來說，達克・奇特漢與年輕的時候幾乎沒什麼兩樣。雖然在一九三〇年代、四〇年代大樂隊的黃金時期曾經待過奇柯・韋柏（Chick Webb）、麥肯尼的棉花工（McKinney's Cotton Pickers）、泰迪・威爾森（Teddy Wilson）、凱伯・卡羅威（Cab

Calloway）等著名樂團，但若要問奇特漢的獨奏代表作，一時之間還眞想不出來。他似乎並不太喜歡在人前出風頭表演獨奏。在小喇叭手中，具有這種性格的人可說是異數。奇特漢表示，由他擔任頭號小喇叭手的艾迪・海伍德（Eddie Heywood）樂團是個非常棒的樂團，而理由竟然是「老大總是讓鋼琴獨奏擔綱，讓我的小喇叭可以輕鬆應付過去」。還眞是個怪人。

哥倫比亞唱片公司的《Sound of Jazz》中收錄了一首比莉・哈樂黛（Billie Holiday）的〈Fine and Mellow〉，雖說並不是奇特漢的獨奏，但是他在後面的伴奏中的助奏仍可說是絕品。確實是一如往昔的專業小號手。《紐約客》雜誌時至今日仍然對其讚不絕口，這種心情我很能夠理解。

「我死了之後，我所演奏的這類型爵士樂可能就會消失了吧。」達克說道。「雖然這麼努力和大夥一起演奏，但是連這些音樂會經存在一事，最後可能都會被人們遺忘了吧。」

性愛爲何變得無趣了呢

（'82・6・5）

在此介紹一下三月四日出刊的《滾石》雜誌裡的性愛特集。由於是《滾石》雜誌的性愛報導，自然是相當嚴謹的，讀起來非常累人。

一開始是有關皰疹的話題。首先爲不知道皰疹爲何物的人做個說明，這是一種新型的性病。Herpes一詞，希臘文的意思是「搔癢搔癢（to creep）」。皰疹可分爲兩種類型，第一型是「口腔皰疹」，第二型是「生殖器皰疹」。第一型是經由口交所傳染，第二型則是經由性交傳染（只是把這些寫下來就覺得很恐怖了）。雖然原本一直是經由異性（hetero）傳染，但是最近已經證實，皰疹也在舊金山的同志圈之間流行開來了。

感染後的症狀包括刺痛、發癢、起疹，接下來甚至還會導致淋巴腺腫脹、肌肉酸痛、發燒等。這些症狀雖然會在數週後趨於緩和，但那時病毒已經侵入了神經節，只要受到精神壓力的刺激，就會定期出現疲憊或生理不順等現象。不過還有更恐怖的情況。罹患生殖器皰疹的婦女，子宮頸癌的發生率高達一般人的八倍。而且，由於這些症狀直到最近才剛剛獲得證實，其全貌至今仍不清楚。眞是可怕啊。

可是還有更嚇人的數據。美國人中竟然有兩千萬人感染了這種皰疹。而且，其中還有百分之十八的人同時患有口腔與生殖器兩種類型的皰疹。並且沒有方法可以治療。

這種病有趣之處（或許並不有趣）在於，知識・中產階級的患者實在很多。二十五歲到三十多歲的患者要比十幾歲的患者多。其中大學畢業、研究所畢業的人佔百分之五十。高中畢業以下的患者（就學期間十二年以下）僅佔百分之二十一。也就是說，幹勁十足的青壯菁英比較容易罹病。這都是因爲避孕藥、口交、自由性愛、換妻雜交盛行的緣故。所以，預防這種疾病的方法就是避免胡亂與許多人上床，以及必須使用保險套，此外別無他法。時代正一點點地回歸過去。

話說當期《滾石》雜誌接下來的那一頁，是一篇名爲〈避孕的憂鬱〉的文章。文中指出，女性知識份子的避孕藥使用率大幅下降（百分之八十↓百分之五十），已經爲夫妻關係帶來了嚴重的危機。

這篇文章也很有意思，但是限於篇幅只好割愛。

想要讓性慾減退的讀者，可以仔細讀讀《滾石》雜誌三月四日號。特集的名稱是〈性愛爲何變得無趣了呢？〉。

瑞吉・傑克森、比利・喬，形形色色的百萬富翁

（'82・6・20）

我覺得，平常喜歡管別人家閒事的人一定會喜歡這本書，*THE BOOK OF PEOPLE*（PERIGEE BOOK $9.95）。正如書名所示，書中挑選了大約五百位美國名人，附上介紹的文章與個人資料。資料包括出生年月日、身高、體重、眼珠顏色、星座、學歷、宗教信仰、家庭成員、興趣、是否吸菸、性格、住處（當然並沒有詳細的門牌號碼）、年收入等項目。雖然這麼一本書並不是經常用得著，但不管說用得著用不著，這都是本有意思的書。隨手拿來翻翻，不知不覺半天就過去了。就是這麼一本書。

試以瑞吉・傑克森的部分來看：「生於一九四六年五月十八日。六呎二吋高；眼珠與頭髮爲黑色；金牛座；高中畢業；新教徒。一九七二年離婚後保持獨身，無子女。興趣是汽車與瑞吉・傑克森（眞是好笑哪）；不吸菸，適量飲酒；不喜社交。住處位於紐約市與奧克蘭。年收入一百三十萬美元。」

紐約市的公寓位於第五街，屋裡盡是藝術品。在奧克蘭郊外有一棟價值十萬美元的宅院，並且在舊金山經營汽車經銷店。汽車除了勞斯萊斯之外，還擁有其他多輛古董車……等等，簡單來說就是財產調查。瑞吉・傑克森的經濟狀況也相當穩固。

接下來，再就一百三十萬美元這樣的年收入，與其他名人做個比較看看。不相上下的有比利・喬（Billy Joel）的一百二十四萬美元。黛安・基頓（Diane Keaton）是一百一十萬

美元；艾德華・甘迺迪（Edward Kennedy）是一百萬美元（是眞的嗎？）；季辛吉（Henry A. Kissinger）則完全相同，是一百三十萬美元。以下再試著將年收入在這一等級的名人大略列個名單來看看。

- ●裘利・路易（Jerry Lewis），一百三十萬美元
- ●肯尼・羅根斯（Kenny Loggins），一百二十萬美元
- ●強尼・馬賽斯（Johnny Mathis），一百二十九萬美元
- ●華特・馬殊（Walter Matthau），一百二十萬美元
- ●喬・內馬斯（Joe Namath），一百二十萬美元

差不多就是這樣。

雖然這沒什麼好說的，但製作這樣的名單就讓人覺得興致勃勃。知名度與年收入並不成正比，這一點也很有意思。例如保羅・紐曼的年收入是兩百四十九萬美元，相較之下，懷舊歌手韋恩・紐頓（Wayne Newton）的年收入卻高達一千萬美金，讓人怎麼也想不通。但不管怎麼說，都要比我的年收入多上好幾位數。眞是令人難堪。還是沒什麼好覺得難堪的呢……

《紐約客》裡的小說

（'82・7・20）

閱讀外國雜誌有各種不同的方法。有人只看廣告，有人只讀書評，有人只注重版面設計，有人專門搜尋最新資訊專欄，此外當然也有人專門找清涼美女圖片。有一段時間，我只讀美國版《花花公子》的人生諮詢專欄。國家廣大到那種程度，就會有各式各樣的煩惱與疑問，很好笑。即使是類似的煩惱，日本人的情況在重點上還是略有差距。

但不管怎麼說，閱讀雜誌另外還有一種喜悅，就是會遇到優秀的短篇小說。在當期雜誌的目錄裡發現喜愛的作家的名字固然令人欣喜，有機會一讀陌生作家的作品也是件值得高興的事。的確，最近即使在美國，小說的狀況也不太好，尤其是短篇，以往每次一拿到《老爺》或《花花公子》之類的當期雜誌就覺得興奮的情況已經漸漸沒有了。儘管如此（這麼說好像有點責備的意思），還是會碰到比看日本的雜誌更有意思的小說。

最近《紐約客》所刊載，瑞蒙・卡佛（Raymond Carver）的〈我打電話的地方〉（Where I'm Calling From）與唐・巴徹美（Donald Bathelme）的〈閃電〉（Lightning）這兩篇，是值得推薦的作品。卡佛的作品仍是一貫令人沈迷的好短篇。

〈閃電〉所描述的，是個替一份名爲《焦點》的雜誌（自然是在諷刺《時人》雜誌）製作〈遭閃電擊中仍然倖存的人〉專訪的自由撰稿人的故事，雖然內容並沒有什麼特殊之處，但是點子與對話卻會讓人手不釋卷。最後的處理方式也完全是巴徹美一貫的流暢風格。這樣的作品，與其收錄爲短篇集中的一篇，我覺得還是放在雜誌裡獨立出來閱讀比較好。我借用艾勒里・昆恩（Ellery Queen）的模式，稱此爲「對讀者的挑戰」，是作者一開始就將情節規劃好，要將讀者拉進來到某處的技術性示範。

〈我打電話的地方〉則與此不同，是一篇沒有暗藏玄機，以淡淡語氣道來的小說。不過卡佛的文章卻會片刻不停地不斷向前推進。這個描述因爲酒精中毒而住進療養院的主角，與同病相憐的青年漸漸能夠互通心意的故事，儘管題材有些灰色，處理方式卻不流於感傷，這一點很不錯。而且讀完之後心中還留著些什麼。所謂優秀的短篇，就是要像這個樣子。

老是怎麼回事呢？

（'82・8・20）

最近經常可以看到有人使用"Sneaker Middle"一詞。簡單說，就是「團塊世代（戰後嬰兒潮的世代）」。都已經有了點年紀。這個世代（我也是其中一員）原本就已沈悶難耐，大家都步入中年之後會是個什麼樣的情況呢，光是想到就令人心情沈重。我覺得，這對年紀還沒到的人來說，或許會更難受吧。不禁打從心底感到同情。

話說每個人都會老去。這件事情大家都知道。可是，上了年紀之後實際的情況會變得如何，就不太清楚了。變成禿頭到底會有什麼樣的感覺，性慾會減退到什麼程度，老花眼又有多麼不方便，諸如此類的情況。之所以會不清楚，除了生理上的因素之外，同時還有「不願意去想」的心理產生了微妙的作用。就是這麼回事。二十歲的健康青年，如果想著「反正上了年紀之後就會小腹突出，變成禿頭，然後得肝病死掉」這樣的事，原本做得到的事情也會變得無能爲力了。

可是五月號的《老爺》雜誌卻是堂而皇之，從正面切入「男性的老化」這個問題。由於標題是"How a Man Ages"，一個男人如何老去——單就標題來看就十分明顯，讀過之後更是讓人無限鬱悶。這不禁讓人感嘆，男性雜誌就是經常會出現這種令人沮喪的特集。不過《運動畫刊》、《*BRUTUS*》或《花花公子》月刊等等好像就比較不會這樣。

由於內容實在是過於廣泛詳細，無法在此一一介紹，而且其間還穿插著相當嚴謹的數據與圖表，總而言之非常眞實。例如其中有一項竟然是晨間勃起（awakening with erection）的次數。二十歲每個月六次，三十歲每個月七次，五十歲五次，七十歲兩次。射精次數則是二十歲・一年一百零四次（其中自慰四十九次），三十歲・一百二十一次（十次），五十歲・五十二次（兩次），七十歲・二十二次（八次）。這當然是以美國人爲對象所作的統計，就算有些許差異，我覺得也不是什麼值得煩惱的事。

那麼上了年紀之後，該怎麼做才會比較快樂呢？就是要服老，《老爺》雜誌下了這麼個結論。也就是要想得開，心悅誠服地接受相應的年齡。因爲不論如何試圖抗拒，老都會確實將其應得的額度奪走。

可是，不願接受這種灰色想法的人都有滿意的工作，有高收入，認爲每天早上慢跑就可以維持得很好。或許這只能獲得一時的寬慰，但是做似乎還是比不做要來得好。

虎之眼・《洛基》・史特龍

（'82・9・5）

前幾天去看了《洛基Ⅲ》。雖然是非例假日的早場電影，觀衆卻多得不得了，除了指定座靠邊的位子之外都坐得滿滿的。這個世界上有閒的人似乎還眞多。一大早就擠滿了上班族的電影院，我還是第一次見識到。

這姑且不提，《洛基Ⅲ》實在是一部有意思的電影。要說情節嘛，簡直就是一眼就可看穿後續發展，不過還是很有意思。因爲我滿喜歡顯而易見這種感覺，爲了要再次確認其中顯而易見的部分，《星際大戰》和《超人2》我都各看了三遍之多。只不過，並非只要顯而易見就好。這實在很難說清楚。

七月八日出刊的《滾石》雜誌，爲這位洛基先生＝席維斯・史特龍（Sylvester Stallone）製作了一個特集，看了這篇報導之後，就會清楚瞭解《洛基》系列的魅力何在了。簡單來說，洛基完完全全就是史特龍，史特龍完完全全就是洛基。僅僅如此而已。如果說《洛基》是個顯而易見的系列，史特龍的人生也就是個顯而易見的人生（或者說我們每個人的人生都是顯而易見的人生）。

原本沒沒無聞的貧窮青年一夕之間躍爲巨星的洛基就是史特龍；發跡後喪失「虎之眼」的洛基也就是史特龍；在重新獲得愛、信賴與生命力之後，將一切全都賭在第三次挑戰上的洛基也正是史特龍。看過《滾石》雜誌上面史特龍的告白之後，不禁讓人越來越搞不清楚何者是電影何者是現實生活了。

「《洛基Ⅱ》殺青之後，我就打算再拍攝第三集作爲三部曲的完結篇，可是一直想不出好的劇本。這個故事我甚至想親身經歷一下。」

這是神的啓示，他本人如此表示，但是似乎並沒有到那種程度。不過是美人、醇酒、奢華、失望……這些伴隨成功而來的老生常談罷了。可是，能夠將這種老生常談以「神的啓示」這種感覺拍攝出大製作的電影並且造成轟動，這一點這正是史特龍了不起的地方。

回家之後，我來到洗臉台前站定，抱著「我仍然擁有虎之眼嗎？」的心情照著鏡子看看，很可惜並沒有。因爲打從一開始就沒有這種東西。

西班牙幸福小村的壁畫

（'82・9・20）

在翻閱不久前的《生活》雜誌的時候，看到一個名爲卡爾特哈爾（應該是這樣發音吧，正確的名稱是Caltojar）的西班牙小村莊的照片。這個村莊位於馬德里西北方，距離大約一百六十公里，人口兩百零七人，全村只有一支電話而已。人們靠種植豆子或牧羊維生。是個非常平凡的村落。

這麼一個平凡的村子之所以會被登在《生活》上面，是因爲村民們親手將村裡所有的牆壁，都畫上了畢卡索的名畫。網羅的作品包括畢卡索從藍色時期以至〈格爾尼卡（Guernica）〉的名作，而且水準之高更是令人訝異。這並非經過專家指導，也不是出自繪畫教室之手，據說只是爲了紀念畢卡索的百歲冥誕，村裡不知道哪個人提議：「要不要來試試啊？」大家就齊聲說：「好啊，來做吧！」表示贊成。用來當作原稿的，不過是雜誌上剪下來的圖或是圖畫明信片而已。將這些翻拍成幻燈片，以幻燈機打在牆壁上，用粉筆畫下輪廓，大家一起利用天色明亮的時候來上色。

村裡的居民幾乎都是老人與小孩。小學生們聚集在村中的角落，討論著「畢卡索藍是怎麼創造出來的呢？」之類的話題。由於大家都已經投入到忘我的境界，甚至連星期天都沒有任何人去上教堂。只有神父獨自生著悶氣……有這樣的情形。

看著《生活》上這篇報導的照片細細思量，西班牙村莊乾燥的白牆，與畢卡索的繪畫實在非常契合。同樣是在白牆上作畫，澀谷的巴爾可（PARCO）相形之下就差得遠了（雖然無法大聲說出來，但是那個光是看到就覺得很沒力）。卡爾特哈爾村的畢卡索，與村中的風景以及人們的日常營生和諧而自然地融合在一起了。兩名黑衣婦人頭上頂著裝有豬內臟的籃子，從〈三樂師（Three Musicians）〉的壁畫前走過。照片的構圖當然也會有影響，可是從太陽的光線與建築物的影子到行道樹的顏色等等，全部都與畢卡索的配色非常協調。風土的影響力實在是巨大。

另外還有一點很了不起，就是全村的人能夠完全投入去做一件事情。這種事，在今天的日本可能有點無法想像。大家各自負責一幅畢卡索的畫，然後忘我地全力去完成。若要說令人羨慕，這件事還眞是令人羨慕。

卡爾特哈爾村因爲這些畢卡索的壁畫而遠近馳名，可是村裡的老人們卻對此感到非常厭煩。「一到週末，就會有外地人跑來看畫噢。每天都有四輛左右的車會來，危險得不得了啊。」這麼抱怨著。眞想去這樣的村子住住。

約翰・厄文與夫婦失和

（'82・10・5）

翻閱八月五日出刊的《滾石》雜誌時，看到了《蓋普眼中的世界》（*THE WORLD ACCORDING TO GARP*——請各憑所好翻譯）的電影廣告。主角是羅賓・威廉斯（Robin Williams），導演則是執導《第五號屠宰場》（*Slaughterhouse-Five*）的賺人熱淚大天才喬治・羅伊・希爾（George Roy Hill），七月二十三日全美同時上映，華納兄弟公司出品。這部片子無論如何都非看不可。

一面想著這件事，一面翻閱七月十二日出刊的《時人》雜誌的漫談專欄（雖然雜誌看起來好像全部都是漫談專欄）時，無意間看到約翰・厄文（John Irving）夫婦分居的報導。「約翰的突然成功，並沒有爲我們的婚姻生活帶來什麼正面的影響。」妻子夏拉（三十九歲）表示。約翰今年四十歲，與夏拉（Shyla）結縭十八年，原本是衆所皆知的恩愛夫妻。夏拉同時也是位專業的攝影師。「關於分居一事，並不會造成什麼問題。」她說。

如今，她正窩在佛蒙特（Vermont）的家中執筆寫小說。據說是「關於崩潰與分裂的故事」。（雖然只是件無關緊要的小事，但是會在作品完成前便自我宣傳的人，似乎寫不出多好的小說）「如果和約翰在一起，一定不會想要寫什麼小說吧。」她表示。至於厄文則是離開了佛蒙特的家，在漢普頓海灘（Hampton Beach）的房子與曼哈頓的公寓兩邊來來去去。「他仍在創作，這不是很幸福嗎？」夏拉很乾脆地說。

約翰的突然成功，並沒有爲我們的婚姻生活帶來什麼正面的影響——還眞是一句相當感人落淚的對白。在美國，評斷「成功」與否的標準大概是年收入超過百萬美元，我還差得老遠老遠，不必擔心。

繼續再來看看同是《時人》雜誌的名人離婚話題，卡本特合唱團的凱倫・卡本特（三十二歲）與丈夫湯姆・布理斯（Tom Burris）（四十一歲）離異。「他是我一直在尋找的那種類型的男性。既溫柔又堅強。」凱倫結婚時（一九八〇年）這麼說。報導的標題是THEY'D ONLY JUST BEGUN。

此外還有海灘男孩的帥氣男孩丹尼斯・威爾森（Dennis Wilson），因爲前妻要求每個月一萬美元的生活費而傷透了腦筋。據說他每個月還必須支付再前一任的下堂妻兩千六百美元。除此之外還有總數達五十三萬美元的債務。眞是要命。

紐約爵士俱樂部巡禮

（’82・10・20）

很久以前曾經聽安西水丸兄說過，有一次在紐約的爵士俱樂部，瑟隆尼斯・孟克（Theleonious Monk）跟他要了一根hi-lite香菸。聽村上龍先生說的，當然是他在紐約的爵士俱樂部，爲史坦・蓋茲（Stan Getz）點菸的那件事。很遺憾，我從來沒有去過紐約的爵士俱樂部，但是一說到爵士俱樂部竟然都跟香菸有關，這點很有趣。如此說來，我也曾於一九六八還是六九年，在PIT INN借火柴給渡邊貞夫先生。

七月號的《老爺》雜誌，有一篇介紹紐約爵士樂著名地點的報導。據作者蓋利・吉登斯（Gary Giddens）表示，所謂的「爵士俱樂部」絕非那種裝模作樣的場所，而是適合用以接待老主顧、讓哥兒們利用來輕鬆聚會、玩玩拼字遊戲（Scrabble Game），類似舒適酒吧的所在。最棒的一點，就在於這些店的老闆與其說是經營酒館的老手，不如說是業餘的爵士樂迷，吉登斯先生如此描述。這樣的氣氛，不論在東方或西方都是相當正點的。

接下來，除了Village Vanguard、Sweet Basil、以及Blue Note這些即使在日本都相當出名的地方之外，我另外再介紹幾家。首先是位於南第七大道並以此爲店名的Seventh Avenue South，由於老闆正是那布雷克兄弟（Brecker Brothers），因此在店裡演出的大多是錄音室樂手〔那種令人討厭的融合音樂（fusion music），作者這麼表示〕。一樓是鬧哄哄的爵士酒吧，二樓則是俱樂部。

位於畢利克街（Bleecker Street）與湯普森街（Thompson Street）轉角的Lush Life，有戴斯特・戈登（Dexter Gorden）、查特・貝克（Chet Baker）等樂手常態性地在此演出。不但餐飲美味可口，裝潢也相當時髦。而且西索・泰勒（Cecil Taylor）的大樂團偶爾也會在此演出，這太正點了。

位於第三大道一百九十號的Fat Tuesday，是紐約最前衛、最有野心的爵士俱樂部。演出者有史坦・蓋茲、米爾特・傑克森（Milt Jackson）、迪吉・葛利斯比（Dizzy Gillespie）、麥考伊・泰納（McCoy Tyner）等許多大名鼎鼎的人物，不定期還會有拉丁樂團登場。這家店的特色是，不論坐在哪一張桌子，都能夠欣賞到音色均衡優美的演奏。二樓是餐廳，中規中矩的菜餚也可以請他們送下樓來。

看完這篇報導之後，的確是越來越想要一面聽著爵士樂喝著啤酒，一面玩拼字遊戲了。老實說，我最近正迷上了拼字遊戲。

四百名門的盛衰

（’82・11・5）

閱讀與紐約有關的古老文獻，經常會看到「四百名門」（the Four Hundred）一詞。司各特・費滋傑羅的散文中也曾出現「儘管那些上了年紀的人是多麼相信四百名門的存在，紐約仍然不斷在改變。」的描述。這篇文章所提到的是一九二〇年左右的狀況。所謂「四百名門」，用淺顯易懂的話來說就是「上流社會」，也就是指構成紐約社交圈核心的四百戶名家。

此事肇因於一八九二年，瓦德・馬卡里斯特（Ward Macallister）這麼一號人物，自行編列了這四百家的名單並加以出版。不過爲什麼稱爲四百我並不清楚。因爲名單上實際的數字只有三百出頭而已。據說馬卡里斯特此舉的用意，是爲了形成一個對抗英國的新貴族階級，但是這個計畫當然進行得並不順利。因爲就如同費滋傑羅所描述的，美國社會本質中所具有的活力生氣，並不容許這樣的有閒階級存在。

然而就在今年，一九八二年的夏天，紐波特音樂嘉年華（Newport Music Festival）的活動中，其實就舉辦了一場招待「四百名門」後裔的盛大舞會。據《時人》雜誌表示，會場設在亞斯特（Astor）家族位於俾赤塢（Beachwood）的避暑小屋（事實上有四十八間屋子），招待的賓客包括范德比爾（Vanderbilt）家族與萊恩蘭德（Rhinelander）家族，還可以看到珍妮特・李・奧欽克羅斯（Janet Lee Auchincloss）〔賈桂琳・歐納西斯（Jacqueline

Onassis）的母親）等人的廬山眞面目（real McCoy）。但是整體來看，付了兩百美金購買門票的客人裡，也不乏與眞正的「四百名門」毫無關係的人混雜其中。「畢竟我們大家也有很多人日子過得不太好嘛。我認識的一位女性朋友，竟然當起繪畫老師了。」貨眞價實的四百名門後裔，海倫・拉尼爾小姐如是說。簡直就是《斜陽》（太宰治的小說）裡所描述的世界。

順便一提，是夜晚餐的菜單包括牛肉圓薄片（Beef Medaillion）、茭白筍料理與糖水冰鎮桃子（Peach Melba），此外還有芝加哥市立芭蕾舞團的演出。若以懷舊之情而言確實莫此爲甚，但卻讓人覺得像是一場瀰漫著詭異氣氛，時隔九十年的名門同學會。

水晶球、驅趕貓與老鷹帽

（'82・11・20）

翻閱美國雜誌的時候，經常會看到奇妙的廣告。要說不怎麼奇妙嘛其實也不奇妙，總之很古怪就是了。

例如《紐約客》雜誌上刊載的"Gazing Crystal"（占卜水晶球）廣告就是其中之一。雖說占卜水晶球，但這絕非什麼靈異的商品，而是售價高達七百九十五美元的高級水晶裝飾品。直徑十二公分，附有板岩製的底座。廣告文案寫道：

「在許許多多相信可以從水晶球中看見未來的人面前，就會顯現出應該出現的影像。斯德班公司的水晶球晶瑩無瑕，邀請您進入冥想的世界。」

這麼個廣告。如果翻譯成日語，怎麼看都像是誇大不實的廣告，但是英文的文案中卻非常審愼地選用了模稜兩可的措詞用語。簡單說就是「如果相信能夠看到什麼的話，不就可以看到了嘛。所以，請買回去試試吧」的感覺。的確，當作裝飾品也還不錯。

可是呢，眞有那麼多人會花二十萬圓去買個直徑十二公分的小水晶球嗎？我並不是說有多麼不好，但仍然是有些可疑的廣告。如果眞的能夠看到那麼一點未來的話，就算要兩千萬也不足爲奇。靠賭賽馬就可以回本了嘛。

此外還有完全無害的"French Scare Cats"廣告。直譯過來就是「法國式驅趕貓」。這到底是什麼樣的產品呢？原來是用以驅逐入侵庭院的鳥獸，具有稻草人功能的貓形鐵皮板。顏色是黑色，眼睛是晶亮的玻璃珠。只有貓臉的產品直徑十五公分，售價六點五美元；全身的產品直徑三十五公分，售價十六點五美元，並不算太貴。表情也很可愛，說不定在日本也會很暢銷。我也想要一個。

不過，掛在圍牆上的鐵皮製假黑貓，眞的能夠將入侵的鳥獸趕走嗎？ 値得懷疑。附近鄰居家每天早上跑到我家院子拉屎的狗看了，大概不會有任何感覺吧。若是日本有人進口的話，我倒是想試試看。

其他還有名爲"Eagle Cap"的產品。簡單說就是繪有老鷹圖案的男用浴帽，ONLY $5.95。到底在什麼地方會有什麼人特地想要弄一頂畫了老鷹的浴帽呢？實在是想不通。

美國馬拉松情勢

（'82・12・20）

每天一個人悶著頭跑步，久而久之就會產生想要去參加比賽的念頭。我想不論是誰應該都會如此吧。美國是個盛行慢跑的國家，有非常多比賽可以參加。不過其中大部分都是FIVE MILER（大約八公里）或十K（十公里）的比賽。因此，如果是對腳力有自信的重量級跑者，不免就會出現「我們可受不了那種玩意兒」的情況。二十六英里，四十二公里的全程馬拉松，才能夠滿足他們的成就感。雖然再上去還有鐵人三項與超級馬拉松（Ultra Marathon），不過，正常的市民還是以此爲限就好了吧。

《老爺》雜誌就爲這些個酷愛跑步的人整理出了馬拉松指南。文中指出，考慮參加全程馬拉松的人所需的訓練份量是「一個禮拜跑八十公里，並且持續兩個月」。如果以天爲單位換算，一天要跑的距離略少於十二公里。若是做不到，就沒有資格參加馬拉松比賽。

美國一年大約有四百個全程馬拉松大賽。這是因爲參與競技的人口衆多而且國土廣大的緣故，還眞是讓人羨慕哪。若要舉出其中最大的三個比賽，就是①波士頓，②紐約市，③檀香山。最具權威性的，再怎麼說都還是擁有傳統歷史的波士頓馬拉松，想要正式參加比賽還必須通過資格審查才行。具體而言就是要求過去馬拉松的成績，四十歲以下的選手必須在兩小時五十分以內，四十至四十九歲要在三小時十分以內才有資格。未達標準的人，就只能夠從距離起跑線老遠的後方起跑了。若是從後方出發開始跑，光是跑到起跑線處就得花上五分鐘。

對付波士頓馬拉松的祕訣，就在於一開始不能夠衝得太快。如果衝得太快，到了大約十八英里處的Heartbreak Hill時就會熄火了。

最受歡迎的則要數紐約市馬拉松。一九八一年有四萬人申請報名，獲得參賽資格的有一萬六千人。無論如何都想要參加的人，在開始受理報名的前一天晚上就前往曼哈頓的郵政總局排隊了。要不然，也可以繳交一千美元的會費，成爲「紐約路跑者俱樂部」的會員。看來，在出場參加馬拉松比賽之前好像就已經夠累人的了。

斯人近況　巴比・貝爾篇

（'83・1・20）

大家還記得巴比・貝爾（Bobby Bare）這位歌手嗎？如果是喜歡鄉村音樂的讀者或許會知道吧。他就是在一九六三年左右，以〈底特律城〉（Detroit City）和〈離家五百哩〉（500 Miles Away From Home）等歌曲走紅的歌手。

根據《時人》雜誌的報導，巴比・貝爾今年雖已四十七歲，但是仍然活力充沛地在南部各州舉行巡迴演唱會，忙得連休息的時間都沒有。而且也非常受歡迎。這樣一位音樂人的唱片卻完全進不來日本市場，而且單曲唱片若是沒有擠進「告示牌」或是「錢櫃」排行榜前一百名的話就連個名字都看不到，所以根本就不知道他的消息。雖然這給人一種是否已經混不出名堂了的感覺，但是並非只有暢銷排行榜上面的才是音樂。即使如此也無所謂，仍然認眞工作，並且獲得應有評價的人仍然所在多有。

一年之中，巴比・貝爾有兩個月在家中度過，並在這段時間錄製好唱片，剩下的十個月都在舉行巡迴演唱會。這是爲了宣傳和促銷新專輯而舉辦的巡迴演唱會。

「最近，鄉村歌手也愈來愈多了。」貝爾說。「輕輕鬆鬆躺在家裡等待事情發展，這種態度可行不通喔。要不就竭盡全力去做，要不就乾脆消失算了。」

他馬不停蹄地在各地的郡博覽會、牛仔競技大會或地方電視台舉辦的活動中獻唱，也在夜總會等場合表演。交通工具是全長四十英呎的旅遊大巴士（Silver Eagle），裡面設有廚房、浴室與豪華的個人房間，光是養車的費用加上伴奏樂團的薪水，一星期就要兩萬美元。前不久才有一部名爲《*Honeysuckle Rose*》的電影上映，威利・尼爾森（Willie Nelson）在片中飾演鄉村歌手，完全就是那樣的世界。日復一日，從一個城市唱到另一個城市，並且笑咪咪地在唱片封套上簽名。

不過貝爾先生完全樂在其中。而且也和往常一樣，不願意爲了暢銷而勉強自己去演唱不合意的流行歌曲。最重要的是演唱自己喜歡的鄉村歌曲。

「不喜歡的歌曲我絕對不會灌成唱片。否則萬一那首歌紅了，豈不是到死都必須不停唱下去了嘛。我可不希望發生那種事情。」

他與美麗的妻子兩個人過著快樂的生活。

斯人近況　韋恩・紐頓篇

（'83・2・5）

提起韋恩・紐頓（Wayne Newton）這個名字，有人或許還不知道他是誰，但如果再補充說明，是大約在二十年前以男童女高音般的音域唱出〈Red Roses for a Blue Lady〉、〈Danke Schoen〉的歌手的話，或許就會想起來：難道就是他嗎？沒錯，那就是韋恩・紐頓。當時的他是個胖嘟嘟而又蒼白的青年，而且因為用高亢的嗓音唱歌，很多人都瞧不起他。

然而二十年之後的今天，韋恩・紐頓已超越了法蘭克・辛納屈（Frank Sinatra）和已故的貓王（Elvis Presley），君臨拉斯維加斯，成為賭城的首席巨星。目前他一晚表演兩場秀。而且持續整個星期都不休息。一年工作四十個禮拜，總共演出五百六十場秀。韋恩・紐頓在這十五年來持續如此，而且場場座無虛席。這可是拉斯維加斯有史以來的紀錄。

收入當然也很好。光是作秀，他每個月就有百萬美元的進帳。除此之外，他也是賭場的老闆。擁有飼養阿拉伯馬的牧場、駕駛自家用的噴射機・直升機，並且擁有大批古董車收藏，以妥善修復的杜森堡（Duesenberg）最具代表性。根據他本人的說法，自己是「美國夢的實現者」。若是借用另一位人士的說法則是「沒有韋恩・紐頓的賭城，就好像沒有米老鼠的迪士尼樂園一樣」這麼個情況。不論從哪一邊來看都很了不起。

韋恩・紐頓已非昔日那個蒼白的青年，而是個身高一百八十五公分，擁有空手道黑帶的偉男子。最近，他才因爲打倒了兩個黑道的小嘍囉而引起軒然大波。已經再也沒有任何人敢瞧不起韋恩・紐頓了。

他受歡迎的祕密，就在於經過仔細計算、時間掌握得非常巧妙的舞台秀。來欣賞他唱歌的觀衆，是爲了追求短暫的夢想從紐澤西或亞利桑那遠道而來的善男信女。韋恩・紐頓的表演，讓他們覺得「來拉斯維加斯果然是來對了」。正因爲如此，他才能夠一直受到大衆的支持。

有興趣的朋友若有機會前往賭城，不妨去欣賞他的表演。我對此就實在有點那個……。

皰疹①

（'83・2・20）

之前我曾經在這個專欄寫過一篇關於皰疹這種新型性病的文章。聽說那個時候編輯部就曾接到讀者表示：「希望能夠介紹得更詳細一點」的電話。因此，這回與下回，我將用兩回來好好說明說明皰疹，有切身之痛的人，或是有預感自己以後可能會感染的人，請仔細讀一讀。

皰疹病毒，簡單來說近似於「從外星來的物體X」。也就是說，這種病毒會經由糾纏人體細胞而發揮機能，進而繁殖。然後以性行爲作爲媒介來傳染。所謂的性行爲，包括性交與口交。在《老爺》雜誌上發表文章的傑克・麥可林塔克，他的情況是：離婚之後第一次和女人上床而染上了皰疹。早上心情愉快地醒來後，「老實說，我得了皰疹。」女子向他坦承。可是我認爲目前是皰疹的隱性期，應該沒關係，而且我也不可能到處去和每個交往的男性說自己患有皰疹嘛。這是她的說法。

誠如她所言，皰疹會有隱性期。由生殖器或嘴唇等柔軟部位侵入體內的皰疹病毒，部分會在皮膚下繁殖，造成潰爛或是水泡。此外，部分病毒則會沿著神經軸突潛入神經細胞中。等到這些症狀終於告一段落後，前者的病毒會向臉頰的神經細胞撤退，後者的病毒則會向脊椎撤退，並以當地作爲基地。然後靜靜等待時機出場。這就是她所說的「隱性期」，病毒的確會隱居在深處，並不容易傳染。

至於什麼時候會「出場」，這誰也不知道，只知道與精神壓力有非常密切的關係而已。例如光是在所得稅申報期，就有許多可憐人的皰疹症狀發作。所以壓力越多的人，「出場」的情況也多。

那麼，這位麥可林塔克先生是否與她的樂觀看法相反，正好就染上了皰疹，爲一夜風流付出了代價，詳情請見下回分曉。

皰疹②（'83・3・5）

續前回。

那麼，感染了皰疹病毒的麥可林塔克，到底經驗了哪些症狀呢?首先就是喉嚨發炎。這眞的是非常痛，甚至連水都不太能喝。此外陰莖隨後也發紅潰爛。這是皰疹典型的初期症狀。

於是你就去找耳鼻喉科醫生檢查喉嚨。我看非常可能是皰疹噢，醫生說。眞可憐哪。目前還沒有方法可以治療。

皰疹，是一種相當令人感興趣的疾病。有許多人遭到感染之後根本不會發病。因爲血液中已具有抗體。就數字來說，感染並且發病的人，大約只佔全體的十分之一左右。雖說是十分之一，但據說全美國就有一千萬到兩千萬的生殖器皰疹患者。而且還以每年二十五萬人的數目不斷增加中。實在讓人無法安心。

皰疹的危害不只發炎與疼痛而已。更可怕的是，女性皰疹患者的子宮頸癌發生率是一般人的八倍。此外，若是孕婦在皰疹發作期分娩，有半數的嬰兒會因發炎症而夭折，另外一半則會有失明、腦部受損等後遺症。要避免這種情況，除了藉助帝王切開術（即剖腹生產）外別無他法。

這就是皰疹。而且就如同前面所述，沒有辦法治療。雖然醫藥界已經發表了近百種疫苗、藥劑或是雷射療法問世，但是沒有任何一種證實有實際效果。最可靠的方法就是讓E.T.碰一下性器官。

知道了這個事實後，麥可林塔克非常沮喪。他喪失了自信，失去了對工作的熱情，性慾也減退了。不過，這樣的人生未免也太黑暗了，於是有一天，他下定決心去找性病科醫生。

「這不是皰疹噢。」醫生若無其事地說。「這只是一種精神官能症，是你自己如此認定罷了。這樣的人還滿多的噢。喉嚨是會有咽喉炎，陰莖則是因爲房事過度而發炎，如此而已。請放心回家去吧。」

這麼一來麥可林塔克便得救了。可是，他心裡想，這個世界實際上存在著兩千萬名皰疹患者。或許下一次自己就會染上眞正的皰疹也不一定。

給E.T.的信

（'83・3・20）

我想，應該有很多人不想再聽到有關E.T.的事情了。這種心情我也可以體會，不過《時人》雜誌最近刊載了好幾封全美各地的小朋友寫給E.T.的信，實在是很有意思。據說史匹柏（Steven Spielberg）讀過了之後的心情是：「心靈之燈（heart light）都亮了起來」，不知道各位讀者心靈之燈的狀況又是如何呢？

①我的朋友要在一月的時候舉辦生日派對。他是你的忠實影迷，你能不能來參加呢？請告訴我你個人的出差費是多少。

聖荷西，加利福尼亞　雷尼・李維（十二歲）

②今年夏天我去露營，那個時候我有一袋巧克力糖放在桌子上面，可是早上起來卻不見了！是不是被你吃掉了呢？

加德納，麻薩諸塞　彼得・史東（十歲）

③我今年四歲。我在電影上面看過你。我好喜歡你。請你白天的時候來找我玩。晚上不行。還有不要穿那件戲服（costume）來噢。

奧本，加利福尼亞　賈斯汀・葛雷格

④嗨，E.T.，我是你的影迷噢。我平常都一直在模仿你。可是朋友們都因此而認為我是

個變態。

條克斯柏立，麻薩諸塞　比利・薩斯頓（十四歲）

除此之外，還有一位名叫湯米・安東理安的二十歲自閉症患者，他的母親也寄了一封信來表示感謝。因爲她的兒子在看了《E.T.》之後，終於與外界有了互動。

「（前略）他叫著、拍著手、笑著、而且還哭了。眞的是流下了眼淚。因爲，自閉症患者是絕對不會爲了自己或是爲了別人而哭的。可是湯米哭了。而且開始不停地講著E.T.的事情。他已經看了三遍《E.T.》。如今，他已經會和別人用手指互相碰觸，一臉認眞地說：『Ouch』。E.T.已經改變了他的人生。他終於與自己以外的事物產生了互動。感覺就好像湯米自己是個外星人，正在爲返回故鄉的星球而努力著。就好像E.T.一樣。

園林市，加利福尼亞　安・安東理安」

歡迎來到萬寶路之鄉

（'83・4・5）

我在不久前戒了菸，但是到了現在仍然經常會夢見自己在抽菸。夢裡，我總是在不知不覺間點了根菸叼進嘴裡。雖然覺得很爲難，但又認爲既然已經抽了也是沒有辦法的事情，於是就繼續抽了。戒了五個月還會這樣，香菸這種玩意兒可真是相當難纏。

外國雜誌中出現的香菸廣告也起了相當的刺激作用。與日本不同的是，外國的香菸販售是民營，因此廣告也是各顯神通，光是看著就會讓人不知不覺想伸手去拿香菸。其中最有名的是萬寶路的廣告，模特兒清一色都是牛仔，文案則永遠只有「COME TO MARLBORO COUNTRY（歡迎來到萬寶路之鄉）」這麼一行而已。彼德・葉茲（Peter Yates）的電影《突破》（*Breaking Away*）裡就出現了一個完全著了這個萬寶路廣告的道，想要變得粗獷的男子，非常好笑。每次看到萬寶路的廣告，他就會皺著眉頭點根香菸（當然是萬寶路）來抽。

同樣走粗獷路線的還有雲斯頓（Winston）。這個品牌的模特兒大多是靠體力的勞動階層。文案是「AMERICA'S BEST」，營造出來的氣氛有點接近《越戰獵鹿人》（*Deer Hunter*）那樣的世界。男子漢才不會乎什麼焦油什麼尼古丁呢，那種感覺。駱駝牌（Camel）也是走粗獷路線，模特兒是探險家，文案是「男兒理應征服之地」。完全是Heavy Duty的世界。

如果就個人的感想來說，這三個廣告最令我產生反感，但與此同時，看了這三者後，隨即就會與那反感背道而馳開始想抽菸了。有一種好像尼古丁的味道從腳底不斷往上升的感覺，然後不覺就會用舌尖去舔牙齒的內側。

相形之下，「焦油量超低，香醇不變」肯特Ⅲ（KENT）啦、「大家同享歡愉的沙龍情境」（沙龍（Salem））啦，或是以爵士樂手爲模特兒的「淋漓盡致的演出」系列這一類四平八穩的廣告，看了之後並不會引起想要抽看看的慾望。照這樣看來，難道香菸這種東西的本質就是粗獷嗎？

說到這裡我又想到，日前因事去了趟禪寺，看到修行僧中竟然有許多老菸槍，讓我嚇了一大跳。既然特意遁入山中修行，我覺得香菸這點玩意兒還是戒掉比較好，但事實似乎並非如此。香菸還眞是一種惱人的東西。

中年的惡夢

（'83・5・5）

作家史帝芬・狄克斯在《老爺》雜誌發表了一篇名為〈哎，以你的年紀來說……〉又像短篇小說又像劇本的作品。副標題則是「MID-LIFE的惡夢」。MID-LIFE一詞我還是第一次看到。中年，這麼翻譯是否比較接近呢？而且總覺得有種「進退兩難」的感覺。

故事中的主角是個四十二歲的單身作家，此人不抽菸、經常慢跑，打扮也相當年輕。他的情人是個二十一歲的大學女生，雖然兩人交往已有相當長的時間，但是女方覺得差不多也該為這段關係畫下一個句點，並打算前往紐約，到出版社累積經驗，如果可以的話將來想成為作家。於是就打電話給男方，表示差不多該分手了，可是男方不願意。於是兩人便你來我往持續對話。由於描述刻薄而生動，讀了不禁讓人有種「哎，不要再說了！」的感覺。

例如「我看起來真的那麼像個糟老頭嗎？」作家問道。「沒有那種事啦。」女孩說。「不過呢，你越是刻意打扮得年輕，我就越覺得丟臉啊。」

她還說，你的確是很認真在鍛鍊身體，可是體型在很多小地方仍然不可避免地逐漸變形，而且正因為很認真，看在眼裡反而格外令人感到難過呢。不論你怎麼鍛鍊，一般二十歲男子的肌肉都比你結實，睪丸也比較緊繃（觀察還真仔細哪——譯者村上），再說你不是已經開始禿了嗎？告訴你，如果只是禿頭的話倒還好。你的情況呢，連陰毛都已經有白髮了對吧。一看到那個，我眞的是完全沒力了。還有就是做愛，你的技巧確實是很高明噢。可是呢，年輕男孩子就算比較快射精，也會很快就恢復活力。你能夠休息個十五分鐘就再來一回合嗎？　我可是想和那樣的男人上床噢。

相較之下，男方卻只能說：「我的腳沒有臭味吧？我沒有口臭吧？」這類的事情而已。最後男方請求：「以後就維持普通朋友的關係繼續交往好嗎？」但仍然落得被直截了當拒絕的下場。與年輕女孩交往但年過四十五歲的朋友，爲了避免哪天突然被狠狠來這麼一下，行動時務必格外謹愼。否則打擊未免太大了。

凱倫・卡本特之死

（'83・5・20）

凱倫・卡本特（Karen Carpenter）死掉了噢。聽到這個消息，或許有人會說那又怎麼樣。說到卡本特，一直以來都是個人畜無害的健康樂團，始終都不被音樂行家放在眼裡。他們曾受邀到白宮，被那位尼克森總統譽爲「美國年輕人的楷模」，這也很糟糕。受到尼克森褒獎而能夠有大成的人，大概一個也沒有。

可是，在讀過《時人》雜誌上面有關凱倫・卡本特死亡的報導之後，心卻不由得痛了起來。的確，七〇年代後半以降的卡本特合唱團不過是個專門翻唱老歌的二流樂團，可是卡本特兄妹卻具有一種如同鄰家兄妹的氣質，總覺得無法討厭他們。因爲哥哥理查（Richard Carpenter）今年三十七歲，凱倫三十二歲，而我三十四歲，更是有這種感覺。雖然凱倫絕對算不上美女，但是胖嘟嘟的非常可愛。

根據《時人》的說法，凱倫・卡本特眞正的死因其實在於她必須一直維持「好女孩」的形象。卡本特兄妹出生於家教甚嚴的中產階級家庭，從小對父母就不得有任何違逆，即使長大成人後成爲成功的歌手，仍然無法掙脫那種束縛。哥哥理查還能夠藉著領導地位的影響力將那些抑鬱的能量轉嫁給妹妹，唯獨凱倫一個人沒有任何地方可以排解。反而大家還都要求她維持「好女孩」的形象。

凱倫的歌聲甜美，但是她卻一直對自己沒有音樂才華一事感到惴惴不安，甚至無法與哥哥以對等的地位交談。於是在這種種情結的糾纏下，再加上害怕自己過於肥胖的恐懼不斷膨脹，終於導致厭食症而喪命。

怎麼樣，你認爲自己周遭有這種類型的女孩子嗎？沒錯，珍妮斯・賈普琳（**Janis Joplin**）、吉姆・莫理森（**Jim Morrison**）的死的確是有如傳說般淒絕，但我也無法因此就將凱倫這種悄然的死亡輕描淡寫地抹去。畢竟七〇年代的她也有她淒絕的生活。

反冰河小說

（'83・6・5）

日前在《紐約客》上面看到一幅單格漫畫：一名坐在酒吧吧台、貌似生意人的男子，邊啜著鷄尾酒邊對身旁的男子說：「夠了吧艾迪，既然核子戰爭或有限戰爭你都不贊成，那你到底打算贊成哪種戰爭呢？」很好笑。若要問到底哪裡好笑我也回答不出來，總之好笑就是了。

儘管經濟不景氣，雷根政府仍然不斷增加軍費去開發新武器以及提升飛彈性能，因此美國雜誌上以戰爭或軍備爲題材的單格漫畫也有日益增加的趨勢。因爲是漫畫，自然不會直接表示出反戰・好戰的訊息，而是呈現出不論抱持何種立場的人看了都會暫且先把情緒反應抛開會心一笑的感覺。因此也會出現一開始所舉的例子那樣的作品，好像將人道的反戰主義者腳下的梯子抽掉，讓他們跌了一跤。

另外一個例子是，國防部某辦公室的一名職員拿著調查資料，對長官說：「報告長官，這樣不行哪。除了削減軍事費用之外，我實在找不到別的方法來削減軍事費用了。」這麼一則漫畫。記得是美國國會刪減軍事預算之後隨之而來的漫畫，這當然也很好笑。不過，若是交到優秀的日本官僚手上，不刪減軍事費用的刪減軍費，根本就是輕而易舉的事情，所以這種漫畫在日本或許一點也不有趣。在日本，與其看政治漫畫，我覺得聽那些政治評論家在電視上發表高見還要好笑得多了，難道不是這麼回事嗎？

除此之外，這雖然不是漫畫，但是在馮內果（Kurt Vonnegut）的小說中，如果有個撰寫反戰小說的作家出現，就必定會跟著一個向他提出質疑：「爲什麼你不寫反冰河小說呢？」的電影製作人。這是個相當難懂的笑話（應該是笑話吧），不過其中所影射之處似乎還可以理解。很好笑。如果眞的有什麼反冰河小說，我無論如何都要弄來一讀。反海嘯小說、反地震小說、反火山爆發小說、反日蝕小說、反暴風波浪洪水小說……都很有筒井康隆的風格，應該會很有趣。

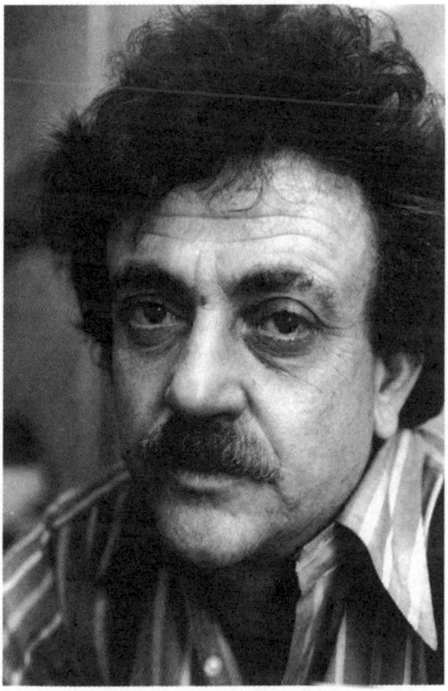

電視與吃食

（'83・6・20）

我沒有電視。沒有電視，自然也沒有錄放影機。

我的朋友家裡電視和錄放影機一應俱全，有時候會準備妥當讓我過去看。日前花了一整天連續看了《北西北》（*North by Northwest*）、《小飛俠》（*Peter Pan*）、以及《里拉之門》（*Porte des Lilas*）三部片子。這讓我想到，人類在看電視的時候，眞的是經常會吃東西。

平常，我是個幾乎不吃零食的人。剛戒菸的時候手上閒得發慌，各種東西不停地往嘴裡塞，可是這樣下去既會發胖又沒完沒了，於是某天便下定決心，一切雜七雜八的東西都不入口。所以現在正餐與正餐之間大致上都不吃東西。這是習慣的問題，一旦習慣了之後也沒有什麼大不了的。

但即使是這樣的我，看電視的時候還是會把有的沒的各種東西送進了肚子。再加上我那個朋友非常親切，餅乾啦煎餅啦巧克力啦蘋果派啦擺滿了一桌，於是非常自然的就會伸出手去，一口接一口吃起來。點心吃多了之後又會口渴，於是又咕嘟咕嘟灌下了茶啦咖啡啦果汁啦啤酒等等飲料。如此一來又得頻頻去上廁所。

結果七、八個小時下來就這麼坐在電視機前面吃吃喝喝，然後打道回府。以我來說，這種情況差不多兩個月才會有一次，算是非常難得而有趣。如果每天都這樣吃的話，不發胖才怪呢。

日前我在某機場候機室的吧台邊吃三明治邊喝著啤酒時，正前方有一部大型電視，正在放映〈笑開懷！〉這個電視節目。差不多有三百人那裡，大部分都望著螢幕。這麼多的人望著同一個電視螢幕，是一幅非常奇妙的景象。由於是午飯時間，大家都一面看著電視，一面或喝果汁，或吃飯盒、或抽菸、或喝啤酒，並且不時一齊發出笑聲。我有意無意地看著這幅景象，只覺得三百人份的胃袋咕嚕咕嚕蠕動的聲音逐漸與電視的畫面重疊，心情不由得越來越惡劣。

並不是要說這樣有什麼好或是不好，我只是覺得，電視這種機械所具備的奇妙功能，或許值得我們好好地重新思考一下。

跑步的議員
（'83‧7‧5）

美國的《*RUNNER'S WORLD*》雜誌，有一個名爲〈美國當今有誰在跑步〉的連載專欄。每個月都會依據職業‧主題列舉出熱中慢跑的人，三月號是政治人物特集。依照參議院、眾議院、閣員、白宮人員等分門別類，介紹個人每週跑步的距離以及最佳比賽成績等。

這份資料顯示，有跑步習慣的人數，參、眾兩院各有十五人，曾經參加全程馬拉松的也各有兩位。其中速度最快的，是蒙大拿州選出的參議員馬克思‧包佳斯（民主黨），成績是三小時又一分鐘。據說他在參加比賽之前，每週跑步的距離將近一百公里，能夠做到這種程度讓我覺得實在是不簡單。因爲去跑全程馬拉松所以很了不起，我覺得並沒有這種事情，但是看過這份名單後，就比較清楚美國那些超級菁英份子應有的模樣了。

日本也有幾位跑步的議員。可是與美國議員們對於跑步的投入程度、即使一步也要勝過別人的執著比較起來，給人的印象實在是溫和得多了。這恐怕是因爲日本的政治生態比較不注重個人表現，而是朝人和、私交、勤跑基層等方向去走吧。所以大家都是一面打高爾夫球一面心平氣和默契十足地處理「要事」。

我每天去跑步的田徑場也是，每到假日的早上，住在附近的歐吉桑就會帶著高爾夫球桿和球到來，在跑道內側練起鐵桿與沙坑挖桿，危險得不得了。就算再怎麼說不會練習全揮桿，將高爾夫球朝別人跑步的方向亂打這種事，簡直就是豈有此理。所謂的高爾夫，大體來說就是要打球的人付出可觀的費用到高爾夫球場去打。星期天早上在住家附近的公園打球，這種人還不如去打小鋼珠比較好。

因此我當然就會對這種高爾夫玩家提出嚴正的抗議，不過這些傢伙大多不會謙遜地撤退，經常演變成吵架收場。這麼一攪和，我都快弄不清楚假日早晨自己到底是去跑步還是去和高爾夫玩家吵架的了。和手持高爾夫球桿的對手吵架，就算對自己逃跑的腳力再有自信，還是不免有些害怕。

（'83・7・20）

JON & MEARY

日前去旅行時，看到有人穿著印有 JON & MEARY 文字圖案的T恤。起先只覺得莫名其妙，搞不淸楚是怎麼回事，後來終於想到，應該是 JOHN & MARY 才對吧。當然，我不敢說絕對沒有人名叫JON或是MEARY，但是這的確不是一般常見的名字。而且也用不著偏偏就要這樣，特地選擇了罕見的外國人名印在T恤上面才對。看到這種東西，不由得令人覺得頭昏腦脹。

過了幾天之後旅行歸來，在住家附近走著的時候，這次又與一個T恤上印有 JIMY & EMIRY 字樣的中年婦人錯身而過。雖然我判斷這應該不是「渣米與愛美阿麗」，而是JIMMY & EMILY「吉米與艾蜜莉」才對，但這也實在太不像話了。沒有必要偏要弄錯成這個樣子吧，我想。但就是有人會製造這種T恤，而且就是有人會購買這種T恤。看到這種東西，即使身爲日本人的我都不免感到沒力，若是不明就裡的英、美遊客看到了，難道不會更感訝異嗎？

他們原本認爲日本人是教育程度高的先進人民，來到之後卻突然看到JON & MEARY這樣的T恤，想必會覺得非常疑惑。「難道其中有什麼深刻的意涵嗎？」他們的心裡或許會這麼想。或許會認爲是否被日本人耍了也不一定。不論哪一種情況都是很可悲的事。

照這樣看來，對英美人士而言，日本似乎並非適合他們居住的國家。走進香菸店一看，只見整排TALK啦CASTER啦這一類命名可說相當獨特的品牌；一上電車，成排的吊掛廣告上面又盡是MORE啦FREE啦WITH啦這些對他們來說不知在推銷什麼東西的單字。

最後再提一件全然無關的話題。電影《約翰與瑪麗》（*John and Mary*）中，達斯汀・霍夫曼（Dustin Hoffman）所住的那間公寓房子，各位不覺得很棒嗎？

東山再起的雷恩・佛萊雪

（'83・8・5）

十六歲的時候，我第一次購買貝多芬的鋼琴協奏曲全集，鋼琴家不是巴克豪斯（Wilhelm Backhaus）也不是肯普夫（Wilhelm Kempff），而是沒有什麼名氣的年輕鋼琴家雷恩・佛萊雪（Leon Fleisher）。指揮是喬治・塞爾（George Szell）。若要問我爲什麼特地選擇了佛萊雪，理由其實很簡單，就是便宜。四張一套的唱片只要三千圓。窮高中生就是會看上這種價格而掏腰包。就演奏來說雖然欠缺風格與銳度，但仍不失爲感覺很棒的唱片。

話說日前在《生活》雜誌上面看到有關這位佛萊雪的報導。說起來我最近都沒有聽到佛萊雪的消息，一讀之下才知道，他的右手罹患了腱鞘炎，已經許久沒有從事演奏活動。腱鞘炎對鋼琴家而言可說是一種職業病，昔日的舒曼（Robert Schumann）也因爲罹患此症而放棄鋼琴，轉行成爲作曲家。首先是小指變得無法動彈，接著是無名指不聽使喚，最後整隻右手都會麻痺。到了這個地步，就毫無復原的希望了。是一種殘酷的疾病。

儘管如此，佛萊雪仍然非常努力，以拉威爾（Maurice Ravel）的《左手鋼琴協奏曲》爲唯一曲目持續鋼琴演奏活動，但是再怎麼說，光是彈這個根本就不夠。於是他求助於專門治療筋骨肌肉的MYOTHERAPIST，持續與病魔奮戰，在超過十年的訓練之後終於以雙手健全的鋼琴家的身分東山再起。看完這篇報導，不禁令人佩服他實在是了不起。

佛萊雪東山再起之後的首場演奏會，曲目是法朗克（Cesar Franck）的《交響變奏曲》。

預演時，佛萊雪的孩子也都出席聆聽。這是他們第一次看到父親以雙手彈奏鋼琴的模樣。可是佛萊雪在這種時候卻一點也不嚴肅，突然彈起拉威爾的《左手鋼琴協奏曲》，引得哄堂大笑。這種猶太式的幽默，具有日本人不太容易理解的韌性。

在寫這篇稿子的時候，我一面聽著佛萊雪演奏的貝多芬第一號鋼琴協奏曲，非常令人懷念的演奏。所以，羅德的村田先生也請加油。

狂犬病與浣熊

（'83・8・20）

大約一年前，史蒂芬・金的小說《狂犬驚魂》（*CUJO*）在美國成了暢銷書。故事中的「庫丘」是一隻聖柏納犬，因爲遭蝙蝠咬傷而變成瘋狗，於是接二連三攻擊人類，咬斷人們的喉嚨。跟我家貓咪的主治醫生提起這件事，這位獸醫表示，狂犬病在戰後就已銷聲匿跡，根本就沒有注射預防針的必要。知道這種情況後我也鬆了口氣。可是意外中的意外，我卻在最近的《生活》雜誌上看到，史蒂芬・金的預言已完全應驗，時隔三十年之後，狂犬病目前正在美國某些地區蔓延開來。

這次狂犬病的傳染媒介是浣熊（raccoon）（還有一件小事，在小型的英和辭典中，接在狂犬病〈rabies〉之後的字就是浣熊〈raccoon〉）。在哥倫比亞特區所捕獲的一千五百隻浣熊，檢查之後竟然發現有三分之一感染了狂犬病，這太嚇人了。而這些浣熊（也有部分臭鼬）若是咬傷了家中寵物、家畜甚至人類，就會散布病毒，因此美國政府預測，在這個夏天，狂犬病疫情影響的範圍將會更爲擴大。簡單來說就如同電影《E.T.》或《鬼哭神號》（*Poltergeist*）裡那樣，美國人逐漸往郊外移居，與野生動物互動的機會大增，遭到感染的可能性也因此而升高。

感染狂犬病後無法治療，只能夠靠疫苗來預防，但是人類所需的疫苗接種起來非常麻煩，一人份的費用就高達五百美元，即使聯邦政府也束手無策。不論是皰疹和ＡＩＤＳ也好或這種狂犬病也罷，美國人要煩惱的事情還眞是不勝枚舉。

浣熊這種動物，我只在動物園裡看過，相當討人喜歡。得知牠們不斷遭到捕捉而且一律被毒殺，即使是帶有病原，還是讓人覺得很可憐。

說到浣熊我又想起，以前愛薩・基特（Eartha Kitt）翻唱的〈Sho-Jo-Ji〉（註：原曲爲〈証城寺の狸囃子〉）中，把日本狸譯成了浣熊（raccoon）。Oriental Temple的四周圍著raccoon在跳舞，實在是一幅相當詭異的景象。

《蘇菲的選擇》與布魯克林大橋

（’83・9・5）

由威廉・史泰龍（William Styron）的原著改編搬上大銀幕的《蘇菲的選擇》（*Sophie's Choice*），是一部非常值得欣賞的電影。雖然我自從看過《何日卿再來》（*The Sterile Cuckoo*）、《柳巷芳草》（*Klute*）之後就已成爲亞倫・J・派庫拉（Alan J. Pakula）的影迷，但是個人認爲，這部《蘇菲的選擇》恐怕可說是派庫拉最傑出的代表作了吧。或許有人會覺得電影過於做作，但仍不失爲一部題材相當嚴肅，在兩個半小時裡讓觀衆意猶未盡的佳作。尤其是飾演猶太青年納森・藍道（Nathan Landau）的凱文・克藍（Kevin Kline），這個演員的演技實在讓人覺得有點陰森。只不過這麼一部電影卻沒有什麼觀衆，我建議有興趣的朋友請務必前往欣賞。

且說這部電影中令人印象深刻的鏡頭中，有一場是納森爲了慶祝主角——一個立志成爲作家的青年——踏入社會，在布魯克林大橋上面開香檳的戲。由於這部電影是以一九四〇年代後半的布魯克林爲舞台，布魯克林大橋除了在這一幕之外也頻頻出現。是一座非常具有紐約昔日氣氛的橋樑。納森的對白中還有一句：「哈特・克萊恩（Hart Crane）以前也曾經走過這座橋」，但是克萊恩不只是走過這座橋而已，他還留下了詩作〈獻給布魯克林大橋〉（To Brooklyn Bridge）。哈林出身的作家亞瑟・米勒（Arthur Miller）曾不只千百次往返於這座橋，而且還從布魯克林大橋的風景獲得靈感，寫出了《橋上遠眺》（*A View from the*

Bridge）。

布魯克林大橋竣工於一八八三年，至今正好是第一百年。爲了紀念此事，亞瑟・米勒在《生活》雜誌上發表了一篇回憶布魯克林大橋的文章。在一九五〇年代初期以《推銷員之死》（*Death of a Salesman*）獲得成功的米勒，用這筆錢買了一輛綠色的史蒂培克（Studbaker）汽車，可是某天夜裡卻在布魯克林大橋上發生了車禍，把那輛車撞得一塌糊塗。爲了閃避停在前方的車輛，他的車打滑轉了一圈，接著又與後方來車迎面撞個正著。據米勒描述，當時布魯克林大橋的車道只有車子的一輛半那麼寬，再加上橋面鋪設的又是木製地磚，只要一起霧，路面就「好像奶油一樣滑溜溜的」。

腦袋裡裝著這樣的時代考證去看電影，也是件相當有意思的事。

愛琴海一對一

（'83・9・20）

夏天可說是性愛的季節，話雖這麼說，可是年過三十之後便與這扯不上什麼關係，只能獨自一個人無害地喝著啤酒而已，但總而言之夏天似乎就是個性慾高漲的季節。尤其是全世界年輕人雲集而來的夏日愛琴海，簡直就像個性的烘爐，光天化日之下就有情侶在大馬路正中央進行舌頭都快伸進胃裡似的熱吻。這原本也沒什麼，可是看到那種場面，就會有種彷彿看到肉食動物一樣的感覺。尤其是那些從倫敦葛威克（Gatwick）機場成群結隊蜂湧而來的英國龐克族青少年男女，興頭更是嚇人，一副背著生殖器搖滾而來的態勢。由於希臘是個以觀光立國的國家，對於觀光客不檢點的行爲大多睜一隻眼閉一隻眼，不過這當然也有個限度，做得太過火了自然還是會有不良後果。

七月二十三日的《雅典新聞報》有一則報導指出，在一個名叫希羅斯（Syros）的愛琴海島嶼上，有兩名英國遊客與一名希臘裔的法國女性因爲在公共場所當衆性交而遭逮捕，被判處三個月的徒刑。兩名男性均爲二十二歲，同是來自伯發斯特（Belfast），一是機械工人一是失業者。女性則是二十六歲，在巴黎擔任祕書。三人在熙來攘往的碼頭露天咖啡座旁邊做愛，剛完事時便遭到群情激憤的島民扭送法辦。

「這些傢伙當著旅館住客和咖啡廳客人的面辦起事來，好像在故意賣弄似的。」旅館老闆伊雅尼斯・庫斯比斯出面指證。

「在等船前往桑托里尼（Santorini）島的時候喝酒喝過頭了，所以才……」雖然三名當事人如此辯解，可是法庭完全否決了上訴權逕行宣判。畢竟希臘是一個宗教觀念相當根深柢固的國家，對於這種事情多少比較嚴厲。

此外根據傳言，希臘的監獄雖然還不至於像電影《午夜快車》描述的那種程度，但進去之後似乎也夠瞧的了。眞實性如何我不得而知，但是據住在當地的日本人表示，由於裡面不會正常供應伙食，沒有人送食物的囚犯只能落得日益消瘦的下場。所以還是盡量想辦法不要進監獄比較好噢，這麼個情況。如果屬實還眞是可怕哪。

其實不只是在希臘，想辦事的話就應該去適合的場所辦事，這可是放諸四海皆準的常識。

希臘的露天劇院

（'83・10・5）

接續前回，繼續來談希臘的話題。

在希臘看電影，這件事說起來很簡單，可是也相當麻煩。若要問爲什麼會麻煩，那是因爲絕大多數的希臘電影院在夏天不到晚上九點左右是不會開場的。爲什麼非得等到這麼晚的時間才放映，理由其實非常簡單，就是電影院沒有屋頂。很不得了吧？只要回憶一下以前在校園裡放映的戶外電影欣賞會，感覺就很接近了。銀幕好像只是整面粉刷成白色的網球練習對打牆，座位則是只是排排放在地上的鐵管椅子而已。要說豈有此理也的確是豈有此理，但是門票只要兩百圓左右，實在便宜。

之所以會如此，原因在於希臘的夏夜非常涼爽舒適，而且幾乎不會下雨，蓋上屋頂加裝冷氣似乎有點愚蠢，所以才造就了這種沒有屋頂的狀況。希臘這個國家由於沒有屋頂設施的建築很多，看戲、聽演唱會、上館子，全部都沒有屋頂。拜此之賜，電影院周遭公寓的住戶們每天晚上都可以免費欣賞電影。若是在日本，很可能被視爲噪音等等公害而引起一些糾紛，但是希臘人對於這種事似乎是大方得很。

我在亞吉・提奧多里（Agii Theodori）海水浴場的電影院欣賞了亞倫・J・派庫拉導演的電影，《躍馬山莊》（*Comes a Horseman*）。影片分成上下兩捲，中間換片的空檔播放預告片。科林斯（Korinthos）的電影院居然在播映《戰國自衛隊》。由於我只是從巴士的窗口瞥到海報一眼，並沒有看清楚，可是很想知道到底取了個什麼樣的希臘片名。

除了電影院之外，露天劇院還有利卡維多斯山頂（Lykavitos Hill）的圓形劇場，我在那裡欣賞了蜷川幸雄導演・平幹二郎主演的《米迪亞》。這齣戲實在很有意思，而且事實上在雅典也造成了相當大的轟動。欣賞過之後，我深深體會到，希臘戲劇還非得在室外觀賞不可哪。氣氛眞的是棒極了。至於原本一直期待的阿迪庫斯（Herodes Atticus）音樂廳，由於雅典國家管絃樂團（Athens State Orchestra）罷工而無法入場，實在遺憾。

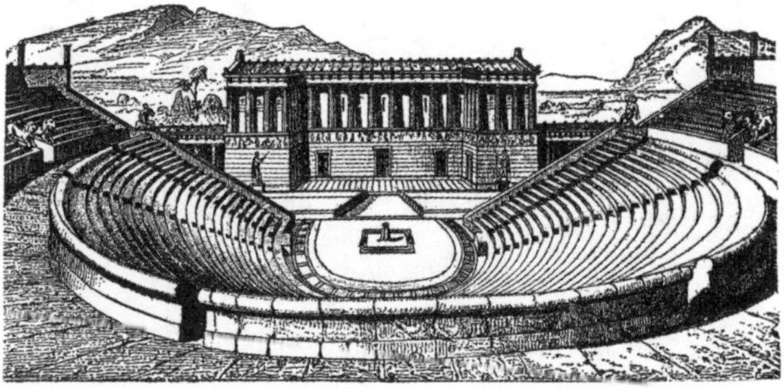

《老爺》雜誌五十年與司各特・費滋傑羅祕辛

（'83・10・20）

《老爺》雜誌創刊於一九三三年，到今年正好五十週年。為了紀念此事，六月號是以〈五十週年紀念專刊〉的形式發售。而且並非草率打就的東西。總頁數厚達四百四十六頁，售價三美元（平常是兩美元）。話雖如此，特地為了這本專刊撰寫的文章只有最前面的二十四頁，其餘全部都是摘自過去《老爺》中的文章報導。而且，一共蒐羅了從一九三三年起至八三年為止的五十五篇文章，彷彿是一本可以追溯美國這段時期歷史的年代記。撰文者的名單包括蓋・泰勒斯（Gay Talese）、約翰・史坦貝克（John Steinbeck）、柯特・馮內果、瓊・荻狄翁（Joan Didion）與約翰・葛雷哥利・鄧恩（John Gregory Dunne）、麥可・赫爾（Michael Herr）、湯姆・沃爾夫（Tom Wolfe）、諾曼・梅勒（Norman Mailer）、高爾・維達（Gore Vidal）、爾文・蕭（Irwin Shaw）等一大串大名鼎鼎的人物。實在了不起。儘管其中有幾篇重要的文章可以在平裝本中找到，但是這麼一大本耐人尋味的文章只要三美元，價格絕對算便宜。值得仔細一讀。

其中最有趣的，要數出自《老爺》雜誌創辦人雅諾・金瑞契（Arnold Gingrich）之手，關於司各特・費滋傑羅與海明威（Ernest Hemingway）的回憶，雖然我知道這麼一篇文章以前曾經在《老爺》上面刊載過，但直到今天才親眼看到。這一篇佳作可以讓人明顯感受到，金瑞契對於當時落魄潦倒的費滋傑羅的關懷之情。

金瑞契在文章中表示，社會上流傳著司各特・費滋傑羅的陰莖特別小的說法，而這個世俗說法的產生與海明威的《流動的饗宴》（*A Moveable Feast*）有非常大的關係，對這件事他感到非常生氣。一九三五年春天，金瑞契在某個機緣下曾經瞥見費滋傑羅的陰莖，據他所述那一點也不算小。正如同勞斯萊斯公司在被問到汽車馬力時只會以一句話來回應，那就是**adequate**（足夠）了，有這麼一件事。

只不過活著的時候要接受評論家惡毒的批評，死了之後連陰莖的尺寸都還會被拿來大作文章，作家這個行業還真是不好混哩。

慾望街車（'83・11・5）

在《時人》雜誌上看到一篇報導，據說田納西・威廉（Tennessee Williams）的劇作《慾望街車》（*A Streetcar Named Desire*）即將改編成電視連續劇。由安・瑪格麗特（Ann Margret）主演。曾經欣賞過由費雯・麗（Vivien Leigh）與馬龍・白蘭度（Marlon Brando）主演的電影版《慾望街車》而大受感動的人，當然給予很不好的評價。明明就已經有一部經典了，還有必要費事拍成電視連續劇嗎，有這樣的情況。

對於這種意見，安・瑪格麗特提出了極爲明快的反駁。「爲什麼不能重拍《慾望街車》呢？ 英國人還不是年年都在演《哈姆雷特》嗎？」這是她的意見。這麼說來也的確有道理。而且依我的看法，《慾望街車》也並非一齣內容有多麼不得了的戲劇，但這或許還有人有異議，在此就不深入討論了。

關於重新拍攝《慾望街車》一事，除此之外據說還有席維斯・史特龍主演的電影版，但這實在是讓人覺得「……」太可怕了。是席維斯・史特龍耶!!

接著再回到安・瑪格麗特版的話題上來，被相中來和她演對手戲的是崔特・《城市王子（*Prince of the City*）》・威廉斯（Treat Williams）。原本因爲分級法規的緣故而在電影裡中並未提及的同性戀情節與強暴的鏡頭，據說都將在這回的電視版中登場。田納西・威廉同意將這部作品拍攝成電視連續劇，是在他去世前不久的事情，條件是版權費七十五萬美元（!!）外加演員與導演的同意權。雖然田納西・威廉並沒有直接認識安・瑪格麗特，但表示如果是她的話應該沒問題，就同意了。如果給我七十五萬美金這麼多的版權費，就算要找布魯克・雪德絲（Brook Shields）與保羅・賽門（Paul Simon）共同主演《慾望街車》，我也絕對不會有二話啊。

對於未能與田納西・威廉見上一面，安・瑪格麗特覺得非常遺憾。「我在星期二接下這部戲，可是他卻在星期五早上過世了。眞不知道該說什麼才好。」她這麼表示。

可是，沒有任何人認爲這個電視版會超越電影版的舊作。這是因爲在外景拍攝現場參觀的人，個個都在打聽「喂，到底是由誰來飾演馬龍・白蘭度那個角色啊？」的緣故。關於這齣戲，到了最後大家幾乎都只記得馬龍・白蘭度的臉而已。

星際大戰中的丘巴卡

（’83・11・20）

《星際大戰／絕地大反攻》，我一共看了三遍。要說是有空也可以，要說是無聊嘛也確實是無聊。於是，妻子那時也跟我一起上電影院看了這部片子。她這個人以前從來沒有看過《星際大戰》系列，但是一看了這部第三集，不出所料，果然大感震撼。然後就表示，無論如何都要看《星際大戰（*Star Wars 1*）》和《帝國大反擊（*Star Wars 2: The Empire Strikes Back*）》。雖然我並不是不瞭解她的心情，但是如今根本不可能重映前兩集，分明就是無理的要求。就在不斷勸她還是死了這條心的時候，我自己卻也逐漸認真起來想要看第一集，最後終於去買了雷射影碟機、二十七吋放影電視和《星際大戰》的影碟回來。這樣的設備自然是比不上七十釐米的影片，但JBL環場喇叭的音效配上二十七吋的螢幕還是相當有震撼力。

而且我仔細想想後覺得，猿人丘巴卡（Chewbacca）這個角色實在是很可愛。要說是哪裡可愛，就是聽不到這傢伙多說廢話。「嗯吼—」啦或是「啊嘎—」啦這種程度就足以應付大部分狀況了。對我而言，這種程度的字彙就夠用了，而其他時間就在偶爾與帝國軍空戰中度過，這樣的人生是多麼幸福啊。

我還發現，在第一集與第三集中，丘巴卡的相貌似乎有相當大的差異。在第一集中，牠的頭髮是整個貼著腦袋往後梳，類似地獄天使的髮型；到了第三集中卻變得比較蓬鬆而帶有幾分溫和的氣質。與新的好好先生丘巴卡比較起來，我還是喜歡以前那個動不動就想要耍拳頭的兇暴猿人丘巴卡。想到這三部曲完結之後就可能再也看不到丘巴卡的身影，只覺得非常難過。

原本看到字幕的時候還不太明白，但是牠在第一集中曾經被莉雅公主罵「喂，能不能幫我把這塊WALKING CARPET弄走？」並被趕開。再怎麼說，WALKING CARPET這種說法實在是太過分了。如果和第一集相比，莉雅公主在第三集中的措詞用語也變得優雅了。即使在《星際大戰》的世界裡，登場人物們也都個個長了歲數。

（’83・12・5）

霍華・迪茲的生平

若是問起〈Alone Together〉、〈I Guess I'll Have To Change My Plan〉、〈Dancing in the Dark〉、以及〈By Myself〉的作詞家是誰，能夠立刻回答出來的人應該是寥寥可數。正確答案是霍華・迪茲（Howard Dietz）。順便一提，作曲者是亞瑟・舒瓦茲（Arthur Schwartz），他們倆以迪茲舒瓦茲爲名組成了搭檔。從名字看來，兩位應該都是猶太人吧。這位霍華・迪茲於七月三十日去世，享年八十六歲。他出生於一八九六年九月，與那位F・司各特・費滋傑羅同年同月出生。時代正一點一點逝去，不過這也是無可避免的事情。

雖說是名作詞家，但若將迪茲的名字與羅倫茲・哈特（Lorenz Hart）、奧斯卡・漢默斯坦（Oscar Hammerstein）、艾拉・蓋希文（Ira Gershwin）、法蘭克・羅瑟（Frank Loesser），以及亞倫・傑・勒那（Alan Jay Lerner）等人放在一起來看，不知爲什麼就顯得不太起眼。這似乎是因爲迪茲本身樸實而害羞的性格使然。他對於暢銷作詞家這種地位感到很不舒服，成名之後仍然在米高梅（MGM）擔任宣傳公關繼續工作。每天早上去公司上班，傍晚下班回家，過著上班族的生活。這種人也相當罕見。

不過說是這麼說，他把精神都放在副業上，工作方面幾乎都擱著不管，總裁路易・梅耶（Louis B. Mayer）就曾經譏諷他：「你怎麼總是比別人晚到公司哪」。迪茲對此的回答是「爲了彌補這一點我會比別人晚下班的」。眞是有種。

儘管如此，迪茲在攝影棚內仍然擁有極佳的信譽，米高梅內部發生什麼糾紛，幾乎都會去找他主持公道。但唯有一次，他曾氣呼呼地闖進總裁辦公室裡大發雷霆。那是米高梅公司因爲四〇年代末期電視問世而感到惴惴不安，打算將手上所有的影片以總價三千八百萬美元賣給電視台的時候的事情。光是《亂世佳人》（*Gone with the Wind*）一部片，就有那個十倍的價值噢，他這麼主張，並進而說服變得畏縮的董事們終止了這項計畫。

就算平常再怎麼只顧副業，該做事的時候一定會將事情仔細做好，這絕對是了不起的。不過，靠著與此相反的所作所爲來過日子的，這種人也相當多。

由是之故，我一面聽著李斯特・楊（Lester Young）的〈I Guess I'll Have To Change My Plan〉，一面爲名作詞家霍華・迪茲的在天之靈祈福。

史蒂芬・恐怖・金

（'83・12・20）

如果讀過丸谷才一先生《心愛的西裝》這本散文集，就會知道以名人的代表作嵌入名字裡當作中間名這種用法。也就是諾曼・《裸者與死者》（The naked and the dead）・梅勒；喬治・《星際大戰》・魯卡斯，這樣的感覺。由於相當有效好用，《時人》雜誌就實際採用了這種方法。舉例來說，與其拉拉雜雜地寫成「在《E.T.》一片中飾演母親的荻・華勒斯（Dee Wallace）」，不如寫成荻・《E.T.》・華勒斯，這種方式要來得簡單明瞭。

這位荻・華勒斯的最新作品，是史蒂芬・金原著改編的《狂犬驚魂》。原著方面雖然部分地方很有趣，無奈故事過於冗長，中途有多處令人很不耐煩，即使是身爲史蒂芬・金迷的我都感覺有些吃力。可是《時人》雜誌卻表示，電影版的表現相當不錯。「與這部電影相比，《鳥》（*The Bird*）只不過是鳥類的集會而已，至於《大白鯊》（*Jaws*）則不過是不知所措的大魚的故事罷了。」影評人這麼寫道。由於《時人》的影評總是相當獨斷，有時不免令人持保留態度來看待，但是誇讚到這種程度就讓人不禁想要去看了。這部《狂犬驚魂》描述的是一隻感染了狂犬病的聖柏納狗不斷攻擊躲在汽車裡的母子的故事，而且歷年來以狗爲題材的電影也有不少佳作，就這層意義來看或許也值得期待。

總而言之，史蒂芬・金的小說幾乎全部都搬上了大銀幕。比較出名的有布萊恩・狄・帕瑪（Brian De Palma）的《魔女嘉莉》（*Carrie*）與史丹利・庫柏利克（Stanley Kubrick）

的《鬼店》（*The Shining*），此外《吸血鬼之謎》（*Salem's Lot*）也曾改編成頗有意思的電視影集。據說還有某製作人也大手筆買下了《勢如破竹》（*Firestarter*）的電影版權。眞令人期待。

對於自己的作品改編而成的電影版，史蒂芬・金本人原本就相當不滿意，尤其是對庫柏利克，更是以「那個男人根本就不知道恐怖是怎麼回事。」把他貶得一文不値。於是，他便撰寫多段式恐怖片《鬼作秀》（*Creep Show*）的劇本並親自參與演出，但是被譏爲恐怖的格調低俗，評價非常差。雖然這只不過是一般論，可是一旦恐怖小說作家開始認眞思考恐怖到底是什麼，幽默小說作家開始思考幽默到底是什麼，事情似乎反而會朝向不利的方向發展。

關於襯衫

（'84・1・20）

日前處理掉三件老舊的襯衫，於是前往原宿的「保羅・斯圖亞特」（Paul Stuart）購買新衣回來補充。我並不是特別注重穿著的人，平常總是作類似的打扮，唯一偏愛的就是去買襯衫。只要看著陳列在男裝店櫥窗裡的襯衫，心情不覺就會逐漸平靜下來。

西褲啦、法藍絨外套啦、毛衣什麼的，就不會讓我有這樣的感覺。為什麼會如此我也不清楚，總而言之就是因此而喜歡襯衫。喜歡拆開新購襯衫的包裝時撲鼻而來的牛津棉香味，也喜歡熨斗燙過洗好晾乾的衣料時那種觸感。

高中時代・大學時代，我曾經非三十七號的VAN JACKET的染色扣領襯衫不穿，過著相當程度崇拜品牌的生活，近來當然已經不會這樣，而是變成以買各式各樣的襯衫為樂了。

在美國的男性雜誌裡可以看到很多襯衫廠商的廣告，其中最有名的應該要屬「雅樂襯衫」（ARROW）了吧。一九二〇年，司各特・費滋傑羅以《塵世樂園》（*This side of Paradise*）一書出道時，就是用「長得眞像雅樂襯衫的廣告模特兒啊」來形容英俊男子，可見其歷史之悠久。再看看最新一期《紐約客》雜誌上雅樂公司的廣告，有一張男女在將近打烊時分的餐廳裡依偎在一起的照片，並附有「最具美國氣息的襯衫」（The Shirt America lives in）的文案。男子好像李察・吉爾（Richard Gere）加上約翰・屈伏塔（John Travolta）

再除以二那樣的感覺。可能是時下流行這種類型的帥哥吧。服裝給人的印象雖然時髦，但與其說是公子哥兒不如說更接近生意人。而打扮同樣很時髦的女子則是臉上浮現出無限感動的神情，將手擱在他白襯衫的袖子上。嗯哼嗯哼，這個樣子。

話又說回來，在「保羅・斯圖亞特」購買襯衫之後竟然還附有問卷。當我正要塡寫上面的職業欄時發現，自營業還分爲三種，(1)知性的服務業，(2)物質的服務業，(3)技術的服務業。該選(1)還是選(3)才好著實讓我猶豫不決。只不過是買件襯衫罷了，拜託不要出這麼困難的問題。

史蒂芬・金與約翰・卡本特

（'84・2・5）

日前曾經在這專欄寫過有關由史蒂芬・金原著改編的電影《狂犬驚魂》的文章，這次要談的同樣是史蒂芬・金原著，由那位約翰・卡本特（John Carpenter）導演的《克麗斯汀的魅力》（*Christine*）。很可惜這本原著小說我還沒看過（畢竟他是個不斷推出新作的人），但既然這是金＝卡本特首度攜手合作，無論如何都不能夠錯過。

說老實話，我是趁著參加檀香山馬拉松（編輯部註：完美地跑完全程）之便，在檀香山一家非常大的卡皮歐拉尼（Kapiolani）電影院觀賞了這部《克麗斯汀的魅力》。只不過，雖然是週六下午，觀衆席仍然是極端空蕩蕩的，相較之下，同檔上片的克林・伊斯威特（Clint Eastwood）→硬漢哈利（Dirty Harry，緊急追捕令）的《撥雲見日》（*Sudden Impact*）卻是大爆滿，令人覺得匪夷所思。大概是因爲沒有任何知名演員的緣故吧。雖然覺得很可憐，但不論就作品本身或整體而言，視點都有幾分不穩的感覺，算不上是卡本特最好的作品。

儘管如此，這部片還眞的很有意思。若要說哪裡有意思，就在於這部電影的主角並不是人類，而是一輛名叫克麗斯汀的老爺車。這點很有意思。不就是這樣嗎？雖然過去有各式各樣的靈異電影，但從來沒有一部是以無機物作爲主角大顯身手的故事。就這一點來看，不但負責說故事的史蒂芬・金很偉大，實際拍攝出影片的卡本特也很了不起。總之只要有這一點，電影就算成立了。

大致的內容就是一輛遭靈魂之類東西附身的汽車「克麗斯汀」，將意圖破壞自己的人一個個虐殺的故事，如果以這種方式簡單將劇情寫下來就一點也沒有意思了，但是卡本特以他擅長的緊湊風格與令人難以置信的細膩特效技術，拍攝出這麼一部離奇而驚悚的靈體轉移電影。尤其是被破壞得亂七八糟的汽車以各種方式復活的恐怖鏡頭，令人有點毛骨悚然。值得喝采。

這部電影的海報上寫著「原本不應該活著的東西，到底會被誰殺掉呢？」的宣傳文案，但是要等到看完電影之後才恍然大悟，不禁再度讚嘆文案的巧思。

（’84・2・20）

單身漢（Bachelor Boy）

翻閱女性雜誌的時候，經常會發生忍不住想要大叫：「那又怎麼樣!!」的狀況。雖然我因此而極力克制要自己別去碰這一類的雜誌，但是實在沒有其他東西可以讀的時候，還是會不自覺地拿過隨手翻翻。

前幾天也是在這樣的狀況下隨意讀著十二月號的《哈潑時尚》（Harper’s Bazaar）雜誌。雖說是讀著，但是這本雜誌實質上幾乎沒有任何可讀之處。〈冬季減肥〉啦、〈去滑雪場時的化妝法〉啦、〈銀色服飾搭配法〉啦，要我去讀這些報導大概也不會得到什麼有用的東西吧。其中我唯一留神閱讀的是，〈美國當今最有價值的十位單身男性〉這篇特集。話雖如此，但是這十人名單並非雜誌所選出來的，而是珊卓拉・班哈德（Sandra Bernhard）這位女明星（《喜劇之王》（*The King of Comedy*））依其獨斷與偏見所做的選擇，每個人的肖像下面都附有她的評論。將這十人一字排開如下：

①羅伯特・羅森柏格（Robert Rauschenberg）
②湯姆・克魯斯（Tom Cruise）
③畢・雷諾斯（Burt Reynolds）
④李察・張柏倫（Richard Chamberlain）
⑤大衛・鮑伊（Davie Bowie）

⑥約翰・屈伏塔
⑦湯姆・謝立克（Tom Selleck）
⑧華倫・比提（Warren Beatty）
⑨艾迪・墨菲（Eddie Murphy）
⑩李察・吉爾（依順序先後）

這樣一個名單。

畢竟我對於世事也有不盡了解之處，沒有辦法作詳細的介紹說明，還請見諒，但是①應該是畫家，⑦好像是電視演員。其他幾位各位大概都知道吧。

由於日本並沒有所謂的社交界，可能不會有什麼感覺，可是在美國，「單身漢（Bachelor）」一詞卻帶有些許特殊意義。換句話說，就是打著寬領帶（Ascot tie）開著奧斯頓・馬汀（Aston Martin）之類的車去參加鷄尾酒派對，給人一種花花公子的印象。英俊，總帶著點憂鬱的氣質、令人既興奮又害怕……等等，只要有這麼一個單身漢出現，派對就會變得熱鬧無比。這種人就是「有價值的單身漢」。不過，這並不是說只要是沒有結婚就好，希望大家千萬不要有所誤解。

關於傲人雙峰的考察

（'84・3・5）

即使是鮑伯・佛西（Bob Fosse）導演的新片《兔女郎》（*Star 80*）也不例外，話題都繞著瑪莉・海明威（Mariel Hemingway）的隆乳手術打轉，至於作品的品質到底如何，就沒有人深入去討論了。雖說製造話題確實很重要，不料卻演變成這種尷尬的局面，瑪莉小姐對此也顯得很無奈。

「這部電影的內容並不是在談我的胸部如何如何噢。」她這麼解釋。「接受手術讓胸部變大，是我自己想要這麼做的，並不是爲了爭取這部片的角色。眞的啊。」

然而導演佛西卻駁斥了這番話，斬釘截鐵地表示這個角色若是沒有巨大的雙峰就無法成立。畢竟這部電影的主角是個《花花公子》雜誌的玩伴女郎，平胸女郎確實無法勝任。這麼一來，不管瑪莉如何強調：「這部電影是鮑伯・佛西的作品，可不是B級的色情片噢。」大家的目光最後還是都落在那一雙經過人工補強的傲人雙峰上面。眞是件又可笑又可憐的事情。

「女兒接受手術前就告訴過我了，可是我對這件事抱持著不置可否的態度。那孩子之所以接受手術，我認爲都是爲了電影的角色。因爲瑪莉從來不曾因爲胸部太小而苦惱過。」她的母親拜拉・海明威（Byra Louise Hemingway）這麼說。對於手術的結果則表示：「還不至於大得過分，讓我鬆了口氣。」被問到是否已經看過這部電影，「要我這個做母親的去看女兒的裸體鏡頭實在有些難堪，而且大家對於胸部的事情大驚小怪也讓我覺得很討厭。」她表達了這樣的意見。站在母親的立場似乎也相當不好受。

可是女兒那一方卻更是痛苦得多，注入乳房中的矽膠慢慢固化時造成的痛苦，據說是相當難熬的。根據整型科醫生表示，「由於疼痛過於劇烈，有相當比例的女性因爲忍耐不住而要求將注入的矽膠再取出來」到這種程度。雖然我不太清楚，但似乎相當可怕。

即使如此，瑪莉仍然克服了那種痛苦，成功地將乳房改造成還不錯的尺寸。她的乳房詳細的尺寸大小不明，但根據《時人》雜誌的說法是「介於布魯克・雪德斯的乳房與桃莉・巴頓（Dorothy Barton）的乳房之間（somewhere）」。眞是好笑哪。

最後的納粹獵人

（'84・3・20）

在之前的一篇文章中我曾經提到《哈波時尚》這份雜誌的內容鬆散、無甚可讀之處，但是若要舉出相反的例子，換句話說就是列舉出內容豐富可讀性高的雜誌，《浮華世界》（*Vanity Fair*）這種水準理應可以穩穩佔住其中的一席之地吧。日前的三天兩夜溫泉之旅，我就帶了這個雜誌去，非常有看頭而又實用。

簡單來說，《浮華世界》是一份相當時髦、小知識份子（highbrow）的雜誌。我有一位女性友人是《浮華世界》的忠實讀者，和她聊天時我提到「《浮華世界》的內容確實非常有意思，可是小知識份子味道相當重呢」，她的回答是「也許吧，不過那要視閱讀者的立場而定吧，不是嗎？」類似這種意思。聽到這麼明確的意見，我不禁重新思考「原來如此，莫非真是這麼回事」並深感佩服。

這次溫泉之旅我帶去的《浮華世界》裡，有一篇作家法蘭西那・杜・普雷西・葛雷（**Francine Du Plessix Gray**）（我曾經見過這個人並且聊了一下）所寫的報導文學作品，介紹了一對夫妻檔的納粹獵人，先生賽吉・卡拉斯費德（**Serge Klarsfeld**）與妻子貝雅媞（**Beatte Kunzel**）。卡拉斯費德夫婦追查出逃亡至玻利維亞的前里昂蓋世太保頭子克藍斯・巴別（**Klans Barbie**）的行蹤，並將其真實身分揭發出來，因而聲名大噪。巴別雖然易名當上了玻利維亞祕密警察的頭子，卻因爲政變與法國政府的壓力而遭驅逐出境的處分，並且被遣送回法國。可以說若非兩人的努力，或許巴別的行踪將會永遠成謎。巴別因屠殺了大約四千名法國人，並將七千名猶太人送往東歐的集中營而遭審判定罪，是納粹戰犯名單中排名第兩百三十九號的重要人物。

賽吉・卡拉斯費德是出生於尼斯的猶太裔法國人，他的父親爲了掩護家族而主動將自己送上蓋世太保之手，後來死於奧茲維茲（Auschwitz）。兒子賽吉爲此而展開了復仇的生涯。另一方面，妻子貝雅媞則是德國人，前往法國工作時結識了賽吉，聽他說到納粹屠殺猶太人的事大感震驚，爲了替祖國贖罪而成爲一個熱心程度不輸其夫的納粹獵人。

這樣寫來總有些英雄主義的感覺，但實際上卻是一篇字裡行間自然流露出，在戰後將近四十年的今天仍在繼續追踪已然老態龍鍾的納粹戰犯的那些人，他們的苦悶與危險，有這種淡淡的感覺的文章。「以年齡而言，我們大概可說是最後的納粹獵人了吧。」賽吉・卡拉斯費德如是說。

JUNK年代

（'84・4・5）

《滾石》雜誌將一九八〇年代定義為「JUNK年代」。「破銅爛鐵的年代」、「贗品的年代」、「空洞的年代」等等，應該都是滿貼近的翻譯吧。

若是將《滾石》雜誌所要說的做個歸納就是，自五〇年代到七〇年代，生活的風格（life style）已經大致如數呈現，如今已然進入了回收再利用的時代，這麼回事。乍見之下好像是新的東西，其實只有品牌與包裝是新的而已，裡面的商品卻是依然如舊。其中沒有理想也沒有變革。可是，若能掌握其中訣竅的話，這也是個可以生活得非常安逸的時代。Welcome to the age of junk！

JUNK年代也是一個過度評價的時代。要言之，就是內容與包裝=名聲之間的差距越來越大了。由是之故，《滾石》雜誌便將美國目前受到過度評價（over rate）最甚的名人列出了一大串的名單。名列其中的作家包括諾曼・梅勒、安・貝媞（Ann Beattie）、約翰・厄文、蘇珊・桑塔格（Susan Sontag）、尼爾・賽門（Neil Simon）、大衛・哈伯史坦（David Halberstam）；音樂家則有麗沙・明妮莉（Liza Minnelli）、祖賓・梅塔（Zubin Mehta）、凱斯・傑瑞（Keith Jarrett）、昆西・瓊斯（Quincy Jones）、冥河合唱團（STYX）、保羅・賽門、艾維斯・卡斯提洛（Elvis Costello）、派特・班娜塔（Pat Benatar）；其他還可以看到凱斯・哈陵（Keith Haring）、安迪・沃荷（Andy Warhol）、珍・芳達（Jane Fonda）、卡爾・沙根（Carl Sagan）、芭芭拉‧華特斯（Barbara Waters）等人的名字。有人會認為深有同感，也有人會抱持著保留的態度。若以人種來看好像有不少猶太人。

但不可思議的是，被認為是受到過度評價的傑克森‧布朗（Jackson Browne）與約翰‧屈伏塔卻在不久前才上了《滾石》雜誌的封面。此外同樣遭到點名的萊諾‧李奇（Lionel Richie），新專輯也在同月號的唱片評論中獲得幾近絕讚的評價。約翰‧厄文的《新罕布夏旅館》（*The Hotel of New Hampshire*），也有一部分分成好幾回在《滾石》雜誌上連載。不過若是依照《滾石》雜誌的說法，這種錯綜複雜的形式正是「JUNK年代」的基本精神，就是這麼回事吧。

如果要表示個人意見，我認為在現代這種資訊過度密集的社會裡，一切的名聲本質上都是過度評價。評價不足這種概念在任何地方都不存在。被視為評價不足這種事情，本身就已經是一種過度評價了。眞是個令人費解的世界。

關於音響的地獄性

（'84・4・20）

負責幫我處理這個專欄的N先生相當喜愛音響，而我也絕非厭惡此道的人，所以見面時總會聊到音響。在這位N先生之前負責這個專欄的另外一位N先生，我和他聊的則大多是拈花惹草和性病這類的話題，兩者實在是天差地別。不過這些都不重要就是了。

與這位喜歡音響的N先生聊過唱頭的話題之後，我突然很想換個新唱頭，就跑去秋葉原買了一個。唱頭這種音響零組件的優點在於，能夠偷偷地買回來而不被家人發覺，就算被發現了反正也只是個小東西，還可以一口咬定「不過是五千圓的玩意兒嘛」矇混過去。如果揚聲器之類的話，事情就沒有這麼簡單了。

但是反過來說，更換唱頭這件事麻煩的地方在於，三兩下的工夫就讓音質有了改變。如此一來，以往不會在意的其他組件就會變得越來越顯眼了。既然有了靈敏度高的唱頭，自然會想要牢靠的唱臂來搭配，而隨著唱頭讀取的訊號增加，又會想要能夠將之忠實表現出來、有個性的前級擴大機，簡單說就是不服・不滿的總量會不斷增加。就是因爲討厭會有這種情況，多年來我一直都安分地以樸實耐用又便宜的PICKERING唱頭湊合著，可是聽了N先生愉快地說出「哎呀呀，自從買了這個Victor的L10之後，我不禁懷疑自己以前聽的到底是些什麼玩意兒啊。」這種話之後，終於也忍不住跑去買了前級擴大機，結果落得被妻子用「你又去繳稅了啊」的眼神怒目而視的下場。實在是傷腦筋。

不過，音質確實是提升了。

我所認爲的好音質在於，高音域與低音域要能乾淨地收斂，不必過於擴展；中音域部分則須具備彷彿用手可以觸摸得到的汩汩活力。可是我卻發現，能夠發揮這種音質的音響產品，最近似乎越來越少了。雖然我覺得與以往相比確實訊號量變得更豐富，音色也隨之進步了，但是那一份令人心蕩神馳的空間也縮減了。不管怎麼說都是個可怕的世界。不禁讓人覺得，或許去拈花惹草還比較健康些。

關於奧運制服

（’84・5・5）

美國洛杉磯奧運大會，因爲一切所需都有人免費提供而造成種種話題，而這一回，美國代表隊的正式制服，不論冬季或夏季，都是由那家以生產牛仔褲聞名的李維・史特勞斯（Levi Strauss）公司提供。與游泳池和競技場的建設相比，不免讓人覺得不過是制服罷了，但是據現場的製作負責人表示，要製作出讓所有比賽項目的選手穿起來都合身好看的制服，其實是一件艱鉅的任務。

「首先我們有體操選手。然後是籃球選手，還有舉重選手。光是這三種相去懸殊的體型就不得了了。」瑪麗安・鮑克斯特小姐發著牢騷。「除此之外，還有其他特殊的問題。例如擊劍選手，他們的一條腿遠比另外一腿結實而且來得長。這是因爲踏步前進所造成的結果。」

原來如此，看來眞的很麻煩。那麼要製作出像某國代表團那樣每個人穿起來都不相配的西裝外套與帽子，也是一件艱鉅的任務吧，我想。

制服中甚至還包括領取獎牌時穿著的外套（parka）。奪牌的選手必定會穿上它登上領獎台。外套正面的配色是以紅色搭配皇家藍，腋下部分則是大片的白色。上台領取獎牌後向觀衆揮手致意的時候，腋下的白色就會在紅色和皇家藍的襯托下凸顯出來。「我們總是以拍照時是否上像作爲設計考量的重點。」公司的宣傳人員這麼表示，只有平常習慣於拿獎牌的國家才會動這種腦筋。如果不是這樣的話，根本就不會想到這種事情。

另外還有一款「沙拉耶佛衫」（Sarajevo Sweater），非常好看。紅色的毛線衫上面配有白色條紋，條紋上還繡有沙拉耶佛的徽章。前往採訪奧運代表團制服製作狀況的這位《紐約客》雜誌記者，非常想弄一件這個沙拉耶佛衫回去當紀念品，結果人家卻只以奧運T恤敷衍過去，讓他覺得十分遺憾。如果T恤與沙拉耶佛衫讓我選擇的話，我當然也比較想要沙拉耶佛衫。

奇異的吉姆・史密斯協會

（'84・5・20）

雖然這不是馮內果的小說《鬧劇》（*Slapstick*）裡出現的擴展家庭（extended family）的故事，不過在美國確實有一大堆俱樂部，如果是正常人的話必定隸屬於某一、兩個俱樂部。根據《*Encyclopedia of Association*》一書的資料顯示，在美國，光是已知的就有一萬八千四百一十四個俱樂部組織——但這說起來到底是多還是少就不得而知了。

如將比較奇怪的挑出來看，其中有一個「吉姆・史密斯協會」（Society）。這是個號召全國名爲吉姆・史密斯的人所組成的俱樂部，若是在日本，大概會是「山田一郎俱樂部」之類的吧。目前會員人數有一千兩百一十八名，成立的目的是爲了替名叫吉姆・史密斯的人們加油打氣。這是因爲名叫吉姆・史密斯的人往往都認爲自己只是平凡的人，會長詹姆士・H・史密斯先生說道。「我們成立的宗旨，就是要鼓勵全國的吉姆・史密斯，讓大家都能夠抬頭挺胸充滿自信。」

擁有吉姆・史密斯這個名字的一大問題點，就是在旅行的時候會被認爲是使用假名。如果像這位吉姆・史密斯會長這樣，夫人的名字叫做珍的話，事態就愈發嚴重了。在旅館的櫃台會不斷被人用奇怪的眼神打量。眞是可憐。說到這裡讓我想起剛開始寫小說的時候，自己的名字也被很多人說「就算是筆名好像也不太好吧？」說到我都聽怕了。村上春樹這個名字到底哪裡不好我也搞不清楚，總之這就是我的本名。不好意思。

再回到吉姆・史密斯的話題來。在名爲吉姆・史密斯的人之中，據說有許多是屬於不斷求進步以期超越自己的能力這種類型。這是因爲名字平凡，所以有一種想在別的地方有所表現而讓他人多看一眼的潛在慾望。可是他們這種積極有活力的個性卻產生反效果的例子也不少，目前就有兩位吉姆・史密斯正提出懇求，希望協會能夠想辦法幫忙他們出獄。如此一來，就不能夠說這不過是名字罷了這種話了。

該協會每年都會舉辦一次全・吉姆・史密斯壘球大賽，非常受歡迎，大家竟然會跋涉五百英里路程特地趕來打壘球，眞是了不起。附帶一提，據說在這個時候，吉姆・史密斯們都用住處來互相稱呼。內華達・史密斯，諸如此類的。

山姆・托德失蹤記

（'84・6・20）

「橫亙在大多數的普通人，以及社會邊緣人、遊民（street people）、無家可歸的人之間，乍見有如大海的水域，其實是那哈林河（Harlem River），在一百四十五街一帶，大概只有奮力一擲就可以將小石子扔到對岸的布隆克斯（Bronx）這麼寬而已——話雖如此，以下並不是一個要宣揚『人人皆兄弟』那種道學的、傷感的故事。」

某個禮拜《紐約客》的〈城市話題〉（Talk of the Town）以這麼一段文字揭開了序幕。的確是〈城市話題〉風格的開場白。雖然是有點篇幅的文章，但中間有一處twist，此外還可以看到不帶任何強迫感覺的靈活比喻。如果是會讀《紐約客》的紐約客，自然會知道一百四十五街的哈林河有多寬，所以情景也巧妙地嵌入了文章之中。於是就營造出這樣的氣氛：接下去到底會是個什麼樣的故事呢？

山姆・托德，一名耶魯大學神學院的學生，在桑樹街（Mulberry Street）的一個跨年派對上消失了蹤影。他的親兄弟都放下了工作，以格林威治村的教堂作爲總部，帶著地圖在全市各個角落尋找他的下落。他的朋友們則在電線桿上張貼附有照片的尋人海報。即使如此仍然毫無線索。他是失去了記憶呢，還是慘遭殺害被丟到河中或海裡了呢？

有一天晚上，這篇文章的作者來到教堂的收容所，和聚集在那裡的遊民們談談這位托德君的事情。其中有幾個遊民曾經接受托德友人所組成的搜索隊的詢問。當然，他們都盡力提供搜索隊成員可能用得著的情報。可以去某某地方找找看噢，諸如此類的。然而這種大規模搜索行動卻讓遊民們感到有些困惑。「我都已經失去連絡二十年了，卻沒有任何一個人來找過我呢。」他們其中一人這麼說。

要言之，能夠像托德的家人這樣拋開工作組織搜索隊，有這種餘力的人真的可說是例外中的例外。所以街頭的遊民才會不斷增加。高失業率與城市的緊張程度更是加速了這種趨勢。自己的兒女是否哪一天也會變成遊民，任何一個居住在紐約的人都不可能打從心裡無視於這種可能性的存在。於是，山姆・托德就這麼在紐約街頭徹底消失了。

瑞吉・傑克森的人生

（'84・7・5）

說到美國當今最有名的三位傑克森，自然非傑西（Jesse Jackson）、麥可與瑞吉莫屬。步步高昇的傑西，當紅乍紫的麥可，以及稍微顯現陰霾的瑞吉，不過這位瑞吉的後勢仍然不可小覷。雖然上個球季成績大幅下滑，只留下了一成九四這種令人難以置信的打擊率，但是依照合約，天使隊今年還是必須支付他百萬美元的年薪，而作爲副業的房地產、汽車經銷、以及石油等各種投資事業也都順利地營運中。他的嗜好是蒐集骨董車，若是全部換算成現金大約價值兩百五十萬美元。在奧克蘭市區有宅邸，在喀美爾（Carmel）有六幢別墅，在紐波特灘（New port Beach）還有出租公寓。由於他頭腦靈活而且個人魅力十足，在球季後，也成爲各方競相邀約的電視運動節目主持人與廣告明星。如今他正在撰寫自傳，不過由於對於自己形象的規定實在過於「自我中心」，竟然發生掛名共同作者（co-author）的作家「寫到九十頁就撒手不管了」這種事。但不管怎麼說，這個費城貧窮裁縫師家庭的子弟，就如同同是費城出身的洛基・巴波亞（Rocky Balboa）一樣，已經晉升爲成地位無可動搖的超級明星了。

以下則是《生活》雜誌上刊載的瑞吉・傑克森語錄。

「我全力支持雷根。怎麼能夠同意讓不去工作的人搭便車（FREE RIDE）嘛。」

「我完全不想讓別人知道任何自己的私事。所以我家不招待任何客人，我也不到任何人家拜訪。」

「一旦嘗過貧窮的滋味，就會不知道什麼叫做滿足了。不論擁有多少財富，只要想到是不是還會再次貧窮潦倒，就讓我覺得心神不寧。」

「觀衆是爲了看我而到球場來的。這可是超越棒球實力之外的魅力。」

最後是瑞吉前女友的證詞。

「他認爲我是個要求過多的女人。他覺得，我只要在能夠待在瑞吉・傑克森面前就應該知足了噢。在那個人的觀念裡，所謂的人際關係（relationship）就是這麼回事。」

與天使隊的合約即將到期的今年的球季，似乎是瑞吉・傑克森必須克服的一大考驗。

布麗格的雨傘

（'84・7・5）

《老爺》雜誌上面關於雨傘的報導。

對有史以來第一個撐著雨傘走在倫敦街頭的英國人來說，人生絕非美麗的玫瑰花園。這位男士名為強納斯・漢威（Jonas Hannay），是一名博愛主義者，而時間是西元一七五〇年。雨傘普遍為一般人所使用，是距此大約三十年之後的事情，所以在這三十年間，漢威先生不斷受到路上行人的冷嘲熱諷，諸如「要不就乖乖去坐馬車，要不就依照神的旨意淋著雨走吧！」等等。

在十八世紀的英國，雨傘無法普及的最主要原因在於，當時的男性大多配劍。若是站在這樣的背景下來看，不但雨傘是種可笑的東西，就算要同時帶著雨傘和劍一起走，大概也是幾近不可能的事情。為了不被雨淋溼而撐傘走在路上的人，在他人的眼中看來似乎成了卑劣小人。

到了十九世紀，人們終於不再隨身配劍到處走，而是以手杖或拐杖取而代之，即使如此，雨傘的地位在男子氣概這一點上仍然差那些東西好幾級。然而到了一八五二年，約克夏的男子山繆・福克斯（Samuel Fox）發明了我們今日所使用的金屬骨雨傘，並且設計成可以緊緊捲起來收進細長的套子裡。這麼一來，要說那是帶鞘的刀劍或是手杖也完全適用，終於讓那裡的人們覺得接受雨傘應該也沒什麼關係了。

雖然只不過是雨傘，也有種種複雜的歷史。可以想見最早在電車裡聽隨身聽那些前人的勞苦。

倫敦最有名的雨傘店是史文・艾德理・布麗格父子（Swain Adeney Brigg & Sons）（以下簡稱布麗格），這家店也是皇室御用的店家。直到最近，仍然有不在少數的英國人相信，儘可能緊緊捲好的雨傘象徵著紳士的尊嚴。他們每天早上十點就會帶著雨傘去敲布麗格的門，只為了將雨傘送去清洗、熨燙並仔細捲好收起來。

布麗格雨傘的設計絕對不會改變。簡單來說就是渾圓有如覆碗的造型，雖然不適於情侶共撐，但是一個人撐著就不太容易被雨水打濕。在布麗格，約需八到十名工匠，費時三個鐘頭才能製作出一把雨傘。最便宜的尼龍款式一把大約一萬五千圓，這樣的價格我們也並不是買不起。最高級品大約要十四萬圓。

多明妮可・鄧恩勒殺案

（'84・8・20）

在電影《鬼哭神號》中飾演長女一角的多明妮可・鄧恩，於一九八二年十月三十一日遭到男朋友勒頸而陷入昏迷。她的男友是約翰・史威尼（John Sweeney），二十八歲，在西好萊塢一家名爲Ma Maison的超高級法國餐館擔任主廚。史威尼在勒殺多明妮可的現場遭到警察逮捕，並且坦承犯行。多明妮可在腦部受創的情況下被抬進醫院，但最後還是於十一月四日宣告不治。

多明妮可・鄧恩的叔叔是作家約翰・葛雷哥利・鄧恩，父親多明尼克・鄧恩（Dominick Dunne——女兒的名字則是Dominique）也是作家，作品包括戲劇與電視的劇本以及小說。她出生於比佛利山的富裕家庭，是衆兄弟中唯一的女孩子，在有求必應備受寵愛的環境下成長，因演出電視劇嶄露頭角，也是前途看好的電影女明星。相較之下，另一方的史威尼則可說是辛苦熬出頭的廚師，不但家庭有問題，在情感方面也有非常不穩定的部分。多明妮可因爲受夠了他而提出分手，於是激動的史威尼就掐住了她的脖子。這種故事早已不是新聞了。判決是六年半的徒刑，可是服刑期間若是表現良好，刑期過半之後便會自動獲得假釋，而且還要扣掉審判期間羈押的時間，實際服刑的時間只有兩年半。

父親多明尼克・鄧恩對於如此輕的判決感到十分憤怒，在《浮華世界》雜誌上發表了以〈正義（JUSTIC）〉爲題的長篇手記。「闖進花店的非暴力強盜案件的犯人都被處以五年判刑，爲什麼殺害我女兒的兇手，刑期卻這麼短呢？」他說。追根究底就是因爲喜歡作秀的年輕法官與經驗老到精明幹練的律師，編造出「可憐的男孩因爲戀愛的激情而失去理智，失手勒死了富家千金」這樣的劇本，並據此進入審判，而且只採用對被告有利的證據，多明尼克・鄧恩這麼批評判決結果。史威尼在此之前也曾經犯下多次類似案件的相關證據幾乎都不被採納，使得陪審團成員大致採信了史威尼「對於自己的犯行絲毫沒有印象」的供詞，進而作出犯行乃無預謀之偶發殺人案的決議。當然，這畢竟只是被害者家屬單方面的手記，是否客觀又有幾分可靠性值得懷疑，不過讀過之後仍然可以強烈感受到美國的訴訟操作實在厲害，非常可怕。

「約翰・史威尼出獄之後大概會繼續烹調美味的菜餚，然後又會有人遇害吧。」這是判決之後檢察官所表達的看法。

慢跑時聽的音樂

（'84・9・5）

自家附近有一個田徑運動場，我經常去那裡跑步，可是一個人孤獨地繞著跑道跑上三十圈，自然會覺得厭煩。起初爲了排遣無聊，我還會邊跑邊思索著各種事情或是自言自語，但是値得思考的題材也逐漸耗盡，最後變得只是默默地向前邁出腳步而已。

於是日前我便前去運動用品店購買了護身帶，上面有個可以固定隨身聽的底座，想辦法試試一面聽音樂一面跑步的效果。剛開始的時候還不太習慣，但持續幾天之後跑起步來就變得非常愉快了。雖然這並不適於五分鐘之內跑一公里的速度，但是悠哉游哉地跑來卻是快樂無比。

接下來就是錄音帶裡的音樂，這個選擇相當困難。若是歌曲太短，節奏變換過於頻繁很難配合跑步，但反之換成迪斯可樂風的加長版本，電子鼓之類的聽多了對耳朵又過於刺激，邊聽邊跑太累人了。古典音樂的旋律實在不太適合，四拍爵士（four-beat Jazz）也不是跑步的節奏。依照我的經驗來說，最適合在慢跑時的音樂就是「Stars on——」這種形式的連續歌曲。不但旋律穩定，本質也很單純，可以讓人跑起來輕鬆愉快。此外Stuff或是Crusaders這類簡單的融合音樂也不錯。極其普通的美式搖滾樂也很適合慢跑。

我最近比較中意的慢跑音樂有約翰・庫格・麥倫坎（John Cougar Mellencamp）和休・路易與新聞樂團（Huey Lewis & the News）的新專輯，還有電影《渾身是勁》（*Footloose*）

的原聲帶和巴比・沃馬克（Bobby Womack）的《POET II》，一面聽著這些音樂一面跑步，不禁有一種彷彿可以跑到地平線彼方的感覺。雖然山川健一看到我這麼寫大概又會嗤之以鼻，不過休・路易與新聞樂團可是我認爲最正點的美式風格樂團。

最後是兩個與主題沒什麼關係的話題。

①有人知道Walkman的複數該怎麼拼嗎？　答案是Walkmen。「聽著隨身聽的男孩們」就是The boys who are listening to Walkmen。不過這與大學聯考沒有什麼關係就是了。

②外國舉辦的跑步比賽中，經常可以看到大胸脯的女性參賽者，可是在日本的賽事中卻幾乎看不到這樣的人。雖然是哪種情況都無所謂，但爲什麼會這樣呢？

麥可・傑克森模仿秀①

（'84・9・20）

美國眞的是有非常多奇妙的團體，洛杉磯的「朗・史密斯模仿協會」（Ron Smith's celebrity of looks-alike of L. A.）就是其中之一。

顧名思義，該協會召集了許多肖似名人的人，並且爲他們安排電視演出、晚會表演、廣告之類的工作。在這個協會登記的模仿者經常都高達四千名，只要一通電話就會立刻派員出差。例如某場合的餘興節目需要找人模仿伊麗莎白女王，只要打電話到這裡就可以解決問題了。要說方便確實是很方便，而且做這種事還不至於引起什麼國際問題。

其他還有模仿南茜・雷根（Nancy Reagan）的人，聽說在某些特殊時節，她會成爲各方競相邀請的熱門人物。這個人其實是個民主黨員，關於總統選舉她表示「要投票給誰，這是個祕密」，不過接著又說「如果接下來四年還要面對現在這種的處境，那就太慘了」。相當複雜。

話又說回來，據這個協會的會長朗・史密斯表示，最近生意最好的自然非麥可・傑克森的模仿者莫屬。「打來的預約電話，十通裡面就有六、七通是要找麥可・傑克森的案子。」他說道。「有一段時間的貓王熱也很可怕，但是麥可的情況卻有過之而無不及。能與他匹敵的，算起來大概只有瑪麗蓮・夢露（Marilyn Monroe）與披頭四吧。」

爲了因應這個需求，他走訪全美各地尋找肖似麥可・傑克森的黑人青年，最後終於找了到十三名冒牌麥可登錄在協會的名單上。這十三人中甚至還包括一名住在達拉斯的黑人女子。不過即使如此仍然無法滿足需求，聽說「至少還要再找二十五個麥可・傑克森才行」。

其中最最相像的是個二十一歲的青年，席德・查普曼。有此一說，這個人「比麥可本人還要像麥可・傑克森」，實在是太厲害了。據說這位查普曼有一次只是以極其普通的打扮（也就是說沒有穿著樂隊服也沒有戴著亮片手套）走進鄧肯甜甜圈店（Dunkin's Donuts）都還遭到群眾圍攻，全身都被剝光了。長相酷似麥可・傑克森的人，連鄧肯甜甜圈店都去不成了。

麥可・傑克森模仿秀②

（'84・10・5）

續上回。

話說這個比麥可・傑克森還要像麥可・傑克森的查普曼君，每天晚上都在夜總會演出名爲〈麥可・傑克森秀〉的節目。一晚的酬勞聽說是三百美金，至於這個數字是高還是低我就不得而知了。

只不過這位麥可・傑克森的歌藝完全不行，一直都是放麥可・傑克森的唱片來對嘴，然後配上那些招牌舞蹈動作而已。即使如此節目還是大受歡迎，夜總會的經理表示：「那些無法親眼看到麥可・傑克森本尊的年輕朋友，透過模擬體驗而感到興奮」。這簡直就可說是窺秀屋的精神。這麼說來，也有在包收縮膜的情色寫眞集外面貼上清純歌手的照片這種魚目混珠的買賣。

「簡單來說就是需求和供給的問題嘛。」爲麥可・傑克森巡迴演唱會的宣傳，一個名叫吉姆・古德溫的大叔說道。「因爲需求高而供給卻很低。麥可・傑克森這個實體是有限的，這個事實造成了這種狀況。所以即使只是與麥可・傑克森有一點像，哪怕多麼微不足道都好，只要能夠扯得上關係，就可以成爲賣點。我嗎？那種玩意兒有什麼好看的？」

長相酷似麥可・傑克森，也不見得處處都會佔到便宜。走在路上會遭到襲擊，外套或鞋子什麼的會被人搶走當作紀念品；上館子時給個很普通的小費也會讓女侍：「麥可・傑克森只給這麼一點小費噢！」大驚小怪地嚷嚷。眞是可憐。

此外，許多麥可仿效者都竭盡心力，努力讓自己變得和麥可本尊一模一樣。他們絕大多數都像麥可一樣不喝酒，也不抽菸。也不和女孩子上床——雖然眞相如何不得而知，但是過著規律的私生活也的確是事實。就這一點來看，麥可・傑克森給了青年朋友非常好的影響。這和以前的爵士青年們模仿查理・帕克（Charlie Parker）嗑藥的情況眞是天壤之別。「有些人向神祈禱。」仿效者之一的馬利歐君說道。「而我則是向麥可・傑克森祈禱。」

紐伯里街的奇妙商品屋

（'84・10・20）

喜歡新奇事物的人或許已經知道了，在波士頓的紐伯里街（Newbury Street）有一家名爲〈GOODS〉的新奇玩具店。這家店裡塞滿了新奇的，古怪的，以及有點令人費解的東西，能夠讓喜歡這類玩意兒的人興奮不已。

例如一種名爲「小搗彈！」的冰爆炸器。這個東西簡單說就是一種讓冰爆炸的裝置。點燃引信塞進冰盒中就會轟然爆炸，能夠讓你變成派對上的寵物——說是這麼說，但事實上呢？我覺得可能會被大夥圍毆然後丟出門外吧。這要五美元。

至於無害的產品則有所謂的〈音樂畚箕〉。說明書上寫著「音樂畚箕能夠讓畚箕這種不起眼的雜役雜貨搖身一變成爲有趣的樂器」，但光憑這些根本就無從判斷是個什麼樣的東西。不過這居然要價十二美元，看來並非什麼簡陋的玩意兒。

所謂的〈神奇花園〉，是一個塑膠盤裡有座唯妙唯肖的富士山，四周圍著櫻樹。據稱只要將少許「神祕藥水」擠進盤子裡，眼看著就會生長出一座花園來。光看說明書就覺得很可疑，讓人心裡不安。美金三塊五。

〈微笑口琴〉，這讓人覺得有點噁心。這種口琴的造型就像是艾拉・費滋潔羅（Ella Fitzgerald）微笑時的嘴唇一樣，要將嘴緊貼在上面吹奏。眞是受不了。不過我這絕對不是在誹謗艾拉・費滋潔羅就是了……價格倒是滿便宜的，兩塊錢美金。

還有所謂的〈整人時鐘〉（nerd clock）。它的設計就像是一般的時鐘映在鏡子裡的模樣。指針是反時鐘方向旋轉。可是時間是正確的——說明書上寫著。因爲會讓看著時鐘的人漸漸頭昏腦脹，所以稱爲〈整人時鐘〉。十五美元。更莫名其妙的是，種〈特製手錶〉，說明書上寫著「面盤每三十秒就會日夜互換，快艇與汽車每一分鐘會繞行一周」……可是這到底是什麼樣的玩意兒呢？價格是美金三十元。

這家店在波士頓，地址是紐伯里街一百三十號。有請喜歡新奇事物的人。

拼字遊戲

（'84・11・5）

在一九三〇年代經濟大蕭條的年代，有各式各樣相當多的新發明問世。這除了失業者衆多，這些有大把時間的人將聰明才智投注在各方面的緣故之外，還有一個原因就是大家都很窮，不得不絞盡腦汁去想出各種省錢的法子。在這種可說是「發明之母」的條件下，「拼字遊戲」（Scrabble Game）也是這個不景氣時代的偉大發明之一。

爲了愼重起見還是先說明一下，拼字遊戲的玩法是將背面印有英文字母的長方形小木片排放在遊戲盤上的方格中拼出單字，然後以分數論輸贏。雖然只是個規則簡單的遊戲，卻出乎意料地令人百玩不厭，一認眞起來就沒完沒了。我也不例外深好此道，三五好友一聚在一起，一手拿著威士忌酒杯，一面聽著傑基・麥克林（Jackie McLean）之類的老唱片，總是會不知不覺耽溺於拼字遊戲之中。

拼字遊戲，是在經濟不景氣最嚴重的時期，由亞福雷德・莫雪・巴特（Alfred Mosher Butt）這位失業的建築師所發明。各個字母的數目與分數，是依據印刷在《紐約時報》版面上的字母出現頻率來訂定的。當然，出現最多而分數也最低的是e，最少而分數最高的則是q x z。不過，要將《紐約時報》版面上的字母全部統計出來，絕對是一項艱鉅的任務不會錯。換作我就絕對辦不到。

拼字遊戲並沒有一上市就造成轟動，但是在巴特先生將此權利委託給玩具大廠後，於一九五〇年代初期在全美造成了流行熱潮。截至目前爲止，總共已經賣出了大約一億套的拼字遊戲。只不過巴特先生的收益並不怎麼樣，據他本人表示「還過得去，可以過個舒適的生活」。這位巴特先生仍然健在，今年八十四歲，對於最近拼字遊戲的電視遊樂器版上市一事抱持著相當批判的態度。「電視這種東西是用來看新聞的呀，各位。」他這麼說。相當正確的看法。

雖然巴特本人是個poor speller，可是他已經去世的夫人卻是拼字功力極高，據說有一次竟然完成了QUIXOTIC這個字，一舉獲得兩百三十四分的高分。眞是了不起啊。順便一提，QUIXOTIC這個字的意思是「如吉訶德的」。

沙灘排球情事

（'84・11・20）

如果看《加州夢》（*California Dreaming*）、《夢者之弧》（*Deadman's Curve*）這一類的海灘青春電影，片中一定會出現打沙灘排球的鏡頭。就是在沙灘上掛起球網，兩人與兩人對戰的排球比賽。

雖然我一直認爲那根本就只是遊戲而已，但實不相瞞，職業的沙灘排球選手確實存在著。據夏威夷的日報《檀香山論壇報》（*Honolulu Advertiser*）報導，由美樂啤酒主辦的沙灘排球公開賽，已經在位於檀香山德勒斯堡海灘（Fort DeRussy Beach）的希爾頓夏威夷村的球場展開了。獎金是一萬兩千美元。

一九八三年的巡迴賽總共有十二站，總獎金高達十三萬七千美元，所以無論如何都不能說只是遊戲了。這十二站分別位於佛羅里達、芝加哥、科羅拉多、亞歷桑那、加州，以及夏威夷等地，可是科羅拉多有什麼地方可以打沙灘排球我就不清楚了。

依照規則，沙灘排球是在整平的沙地上進行，球網的高度與一般排球比賽相同。任何一方發球都可以得分，先取得兩局的隊伍獲勝。這回的夏威夷公開賽共有二十六支隊伍參加。與賽選手大多是正式排球的前全美代表隊員，他們在冬季與春季是活躍於義大利職業排球球壇的職業選手，到了夏季就回到美國，賣力地打沙灘排球賺獎金。

夏威夷的第一把交椅，是傑・安德森與約翰・安德森所組成的隊伍，不過他們並不是職業球員。「因爲我們還有工作，每個禮拜只能夠練習兩、三次，再加上檀香山只有兩處公共的沙灘排球場，又因爲會影響海水浴場的遊客，經常無法使用。眞希望大家多少能夠支持一下沙灘排球。」有這種情形。看來困擾也不少。可是說到沙灘排球總覺得帶著同性戀的味道，似乎很受圈內人喜好。在日本會不會也流行起來呢？

霹靂舞的種種

（'84・11・5）

聽剛從拉斯維加斯回的朋友說，當地正在演出「霹靂舞秀」，相當受歡迎。我實在是搞不懂，去夜總會看在舞台上表演的霹靂舞能夠得到什麼樣的樂趣，不過應該比去看韋恩・紐頓的秀要來得有意思吧。

根據R・H・布希金・聯合調查這家公司的調查資料顯示，美國的成年男性有百分之八十四知道有霹靂舞這種舞蹈存在。這是個相當不得了的數字，但是相較之下，問到自己是否也想嘗試看看，答會的人數字就慘跌到只有百分之八了。

不用說，「自己也想嘗試看看」的人以年輕族群居多，十八歲到二十四歲的成年男性有百分之二十三考慮試試看。若以收入來看，年收入三萬美元至三萬九千美元——這差不多是七百五十萬到一千萬日圓——這個階層的接受度特別高，希望試試霹靂舞的人數，大約是其他階層的兩倍。爲什麼年收入較高的人比較想跳霹靂舞我也不清楚，總之調查結果就是如此，沒辦法。

五十歲到六十四歲的人只有百分之三想要學跳霹靂舞；到了六十五歲以上，這個數字就變成零了——這也就是說，倒立用頭頂旋轉，六十五歲的人就做不來了噢。畢竟這和玩槌球可不一樣。

看了這篇報導之後，我不禁深深感嘆，美國人還眞是喜歡作統計調查哪。調查這種事情到底有什麼用處呢？

還有《霹靂街》（*Beat Street*），這部由哈利・貝拉方提（Harry Belafonte）擔任製作人的霹靂舞電影拍得相當不錯，很有意思。劇情描述Hip-Hop的黑人ＤＪ、他的霹靂舞狂弟弟，以及為了地下鐵塗鴉賭上性命的波多黎各仔這三名主角，略帶苦澀的青春，就算撇開故事不談，片中對於小人物生活鮮活的描寫感覺非常棒。尤其是最後一幕從頭到尾以饒舌歌舞蹦蹦跳跳舉行的葬禮可說是全片的壓軸，非常強而有力。那樣開朗的葬禮還真是不錯。

紐約人寵物之死

（'84．12．20）

紐約有一家名為〈動物醫療中心〉的動物醫院，院裡設有專屬的社工人員。雖說是社工人員，但是此人的主要工作並不是接受動物們的諮詢，而是安慰、開導那些寵物生病的飼主。

據該醫院的醫師表示，再也找不到別的地方像紐約這樣，寵物與飼主在精神上如此緊密結合的了。因此理所當然的，寵物的死亡會令飼主受到強烈的打擊。只不過，醫師本身的工作負擔沈重，再加上時間又有限，根本沒有什麼餘力去安慰、開導飼主。於是乎社工人員就登場了。這位名叫蘇珊・柯恩的女士所扮演的角色，簡單說就是要讓飼主妥善調適，面對寵物的病情或死亡。因此她會先調閱貓狗的病歷並且與主治醫生討論，將資料消化過之後，再以淺顯易懂的語言向飼主說明。若是遇到必須以安樂死處理的情況，還會親切地與飼主懇談直到他們下定決心為止，並且在進行處置的時候一直在旁陪伴。不僅如此，為那些在寵物走後數個月之間仍然怨恨醫生或是心情低落的人開設精神治療課程，也是她的工作之一。全年約有六十人參加了這個課程，大家傳閱寵物的照片、互相安慰，然後逐漸能夠「回歸社會」。

畢竟我也是個飼養過許多隻貓的人，並非不能夠體會這些失去寵物的人的心情，可是多少還是覺得似乎沒有必要被照顧到這種地步。凡是動物都總有死去的一天，而且大多都死得很突然。所以我認爲，當牠們活著的時候盡量好好地公平對待牠們以免日後再來後悔，或許才是我們能夠做得到的至善行爲。

「在遇到柯恩小姐之前，我先生連眼淚都流不出來。因爲我們的憤怒與不安根本無法向朋友們傾訴。」一位將十二歲病危的貓交給醫生處理的女士這麼說，讀到這裡不禁讓我實際感受到，都會這種地方還眞是一處孤獨的場所哪。順便一提，據說寵物遭到處死的飼主大多會更換原本經常求診的獸醫。

比爾・《魔鬼剋星》・墨瑞

（'85・1・5）

在美國的報紙上看到一則消息：由於主演《魔鬼剋星》的比爾・墨瑞的緣故，害得CBS晨間新聞的女主播落得必須向對手ABC的晨間新聞主播低頭拜託的下場。簡單說，就是CBS女主播的女兒無論如何都要弄到比爾・墨瑞的簽名，於是她哭哭啼啼地來到ABC的攝影棚，向在那裡演出晨間秀的比爾・墨瑞要到了簽名。雖說美國三大電視網之間正進行著激烈的收視率大戰，不過這還算不上一次事件，只能算是個小插曲而已。可是我實在是想不通，像墨瑞這麼個頂上稀疏、毫無風采的中年男子，爲什麼會如此受歡迎。這個人已是公認具有貝魯西某一時期的魅力，只要一在畫面中出現就有喜感，而且是「五碼之內一定會有影迷向他打招呼」（《滾石》雜誌）這麼了不起。

墨瑞是因爲在吉維・蔡斯（Chevy Chase）之後接任《週六夜現場（Saturday Night Live）》固定來賓的位子而走紅，在此之前則是《國家諷刺秀（National Lampoon Show）》地方公演的團員，與約翰・貝魯西（John Belushi）當了很長一段時間的室友。

那你們倆是不是經常吸食白粉（古柯鹼）呢？　對於專訪時記者的這個質問，「不不，完全沒有。因爲我們根本就沒有錢去買白粉。」他這麼回答。「所以我們都是一有酒就喝個夠。反正表演之後酒大多隨我們喝，只要能拿到手的就咕嘟咕嘟灌下肚，哪用得上古柯鹼。那段時間我和貝魯西兩個人可灌了不少Rolling Rock啤酒啊。」

比爾・墨瑞因爲種種事由——不過箇中狀況的確都很特殊——一面在印度拍攝毛姆（William Somerset Maugham）原著的《剃刀邊緣》（*Razor's Edge*），在片中飾演賴利・達瑞爾（Larry Darrell）一角，一面還在紐約完成了《魔鬼剋星》。

「那實在是很不簡單哪。」他表示。「居然昨天之前還在印度的寺廟裡，身邊全都是認眞冥想以求開悟的僧侶，今天卻又跑來NY的雜貨店裡抓鬼。」

若以我個人的感想來說，如果《剃刀邊緣》裡的青年達瑞爾最後成爲魔鬼剋星的話，不是也很有趣嗎？不過這是不可能的事情吧。

理查・布羅第根之死

（'85・2・5）

聽朋友說，理查・布羅第根自殺一事，在美國並沒有造成什麼話題。雖然《時人》雜誌以兩頁的篇幅報導了理查・布羅第根（Richard Brautigan）的死訊，不過這篇文章的內容，大致還是以「與在美國本土所受的評價相比，這位故人在日本有多麼受歡迎」作爲重點。這大概是因爲布羅第根那將一個有生命的世界直接封入工筆畫裡精心寫就的精緻文章，會被懂得其中那份盆景式優雅的該國讀者接受吧，《時人》雜誌如此解釋。除此之外，我認爲翻譯者應該也助了一臂之力才對。總而言之，理查・布羅第根喜歡日本人，日本人也喜歡理查・布羅第根。

但是相較之下，他在美國本土的沒落情況卻是令人不忍卒睹。最新作品《*So The Wind Won't Blow It All Away*》只賣了一萬五千本而已，幾乎沒有引起任何話題。而這與曾經暢銷兩百萬册的《*Trout Fishing in America*》是出自同一作家之手。由於我對於後期的布羅第根也不太熱中，算不上一個標準讀者，自認沒有資格寄與同情，可是這個落差未免也太過猛烈了。的確，後期的布羅第根已經失去了在早期作品中所呈現的那種天馬行空般飛翔的想像力，即使如此，他所描繪出來靜謐、溫柔而又充滿幽默的個人世界，仍然是百凡的作家所模仿不來的。畢竟一個作家出道時給人的印象若是過於強烈，接下來可就不好過了。像我這樣只有還過得去的銷售量，似乎也就得以享有還過得去的安樂。不過這是好是壞我也不清楚就是了。

布羅第根登場的時間是在一九六〇年代中期，地點是嬉皮運動蓬勃發展的舊金山，而且旋即就被奉爲當地波西米亞舞台上的中心人物了。他那自由、純眞、出奇而愉悅的觀點，以及彷彿打破了既有小說框架的解放感，與當時的時代氣氛完全契合。每當他走在舊金山街頭的時候，就會不斷不斷有人從後面跟上來群集在他四周。

「那簡直就可以說是襲擊了。」他的朋友之一，彼得・方達的妻子貝姬・方達（Becky Fonda）回憶著。「我們大家都圍在一起保護他噢。」

最讓他傷心的就是讀者減少了，他的前經紀人如此證實。

落伍的搖滾樂手

（’85・2・20）

去年美國職棒大聯盟的全明星賽在舊金山的燭台（Candlestick）球場舉行，舊金山算是地主，所以在比賽前依照慣例所舉行的國歌齊唱儀式，就交由那休・路易與新聞樂團負責。不過就如同大家所知道的，雖然是在夏天，這座燭台球場仍然會颳著強勁的寒風。要在比賽場地的正中央清唱〈星條旗〉，實在不是件簡單的事。

「風簡直是大得不得了。」休・路易敘述當時的感想。「光是要清唱而已就很不容易了，再加上風勢又使得聲音延遲。害我們歌聲出口之後要隔好幾秒才會傳到耳朵裡。還沒碰過這麼高難度的表演哩。更何況瑞吉・傑克森以及洛德・卡魯（Rod Carew）這些人就在我們面前。」

休・路易這個人，如果光看長相的話，給人一種像是高中輟學並曾經當過卡車司機的感覺，但其實不然，他是個從東部一流的先修學校（Preparatory School）畢業進入康乃爾大學的優秀菁英份子。我們是不能夠光憑長相去評斷一個人的。

「可是我才剛進大學，SDS就封鎖了校園，所以總共只在大學上了五分鐘課而已噢。接下來的日子簡直像在渡假一樣」。美國的SDS（Students for a Democratic Society），就好像是日本的全學連那樣的組織。「正好在那個時候，大規模的嬉皮運動在我的故鄉舊金山激烈地進行中。我於是下定決心回舊金山搞樂團，便離開了東部。」

在激進的披頭族（beatnic）雙親身邊長大的休・路易，個性似乎與小而美麗的東部一流名校的學校生活怎麼也合不來，據說每到假日就會穿著邋遢的衣服前往費城，專程去聽穆蒂・華特斯（Muddy Waters）或是朱尼爾・威爾斯（Junior Wells）的現場演唱。

他今年三十四歲，不抽菸、飲酒有節制、吃素而且不嗑藥，過著極其健康的生活，根本就不像個搖滾樂手。對於這位「落伍的搖滾樂手」，身為同世代的我一直為他送上個人的聲援。最近他在日本似乎也越來越受歡迎，實在替他高興。

只不過〈I Want a New Drug〉與〈Ghostbusters〉的確是越聽越像啊。

山姆・薛帕與潔西卡・蘭芝

（'85・3・5）

前不久的《老爺》雜誌刊載了一篇漫畫，有兩個女孩子在爭論潔西卡・蘭芝（Jessica Lange）與梅莉・史翠普（Meryl Streep）哪一方的條件比較好。十格的漫畫中有九格是兩人妳來我往各自列舉所擁護的女星的優點，到了最後一格，支持潔西卡・蘭芝的女孩子說出「可是她和山姆・薛帕雙宿雙飛噢」，讓對方「……」無言以對。

山姆・薛帕（Sam Shepard）這個人，簡直就讓人摸不清他的底細。他曾獲得當今美國劇作家最高榮譽的普立茲獎，英俊，當演員受歡迎的程度也絕對足以自豪，而且又與潔西卡・蘭芝是一對戀人。世界上有這樣的事情好嗎，雖然我心裡這麼想，但這種人事實上就是存在，沒有辦法。我非常欣賞山姆・薛帕在《天堂之日》（*Days of Heaven*）裡的表現，如果可以的話，甚至還打算請他來主演，重拍《大亨小傳》。勞伯・瑞福（Robert Redford）實在是有點……

話題再回到潔西卡・蘭芝身上。不用說，她這個人與梅莉・史翠普並列爲當今美國「最具魅力的女明星」，獲得非常高的評價。只不過她很討厭好萊塢系統的電影，差不多在劇本階段就將演出邀約全部推掉了。極少在社交界露臉，也不化妝，即使長時間拍片攝影的過程中也從來不照鏡子。還有件沒什麼關係的事，她和我同年。我雖然也不在社交界露臉，但那是因爲沒有人邀我的緣故。

「《窈窕淑男》(*Tootsie*)的影評我連一眼也沒有瞧過。」她在接受《浮華世界》專訪的時候這麼回答。「我甚至都快忘記曾經演過那部電影了。可是世人卻只認定我是以《窈窕淑男》獲得奧斯卡獎的女演員。眞是受不了。」

她自己認可的作品有《郵差總按兩次鈴》(*The Postman Always Rings Twice*)、《法蘭西絲》(*Frances*)以及《家園》(*Country*)這三部電影,而《家園》一片是與山姆・薛帕共同演出。「潔西卡是一頭帶有別克(Buick)血統的優雅小鹿。」傑克・尼克遜(Jack Nicholson)對她如此評價。「在她面前,沒有任何一個男人不想拜倒在石榴裙下的。」

所以,山姆・薛帕與潔西卡・蘭芝可說是美國當今最具刺激性的、最理想的、最具知性美的一對了。在日本則是——這麼一說一時倒還眞想不出來。

爲孩子命名

（'85・3・20）

在日本上映時被冠上《印第安納・瓊斯》這個片名的那部電影，原名當然就是《*Indiana Jones*》。雖然我並不十分清楚，但是對美國人來說，以地名來當作名字似乎有種獨的意義。

那位約翰・福特（**John Ford**）便是以善用州名・街名來命名著稱，信手捻來就可以舉出《要塞風雲》（*Fort Apache*）的費城，《驛馬車》（*Stagecoach*）的達拉斯，以及《原野神駒》（*Wagonmaster*）的丹佛，有多部電影的女主角的名字中包含地名。原因何在我並不清楚，或許約翰・福特是以「應該回歸之地」來掌握女性角色的也不一定。凱伯・卡羅威（**Cab Calloay**）的歌曲中有一首名爲〈喬治亞，維吉尼亞與卡羅來納〉，當然這也是三個女孩子的名字。在《老爺》雜誌上一篇名爲〈取名字的方法〉的特集中，也出現了這種以州名爲名的人。此人是位知名專欄作家，名字叫做佛蒙特・康乃狄格・羅伊斯特。甚至連中間名都採用了州名，未免也太周到了。據說這位羅伊斯特先生的曾祖父是爲了與其他親戚的子女有所區別，才採用了州名來爲孩子們取名字，其中還有一人名字叫做威斯康辛・伊利諾・羅伊斯特。

擁有這種名字，很自然就會受到大家嘲弄。在孩提時代，會因爲被人家隨便亂叫「喂，麻薩諸塞」或是「嘿，羅德島」什麼的而覺得很厭煩。所以，他們只會爲自己的小孩取一個非常理所當然的名字。

「擁有奇怪的名字，對小孩子來說是個非常沈重的負擔。」他這麼說。作家約翰・葛雷哥利・鄧恩與瓊・荻狄翁夫婦，爲養女取名爲琴塔納・羅（Quintana Roo），這是一處墨西哥的地名。値得慶幸的是，這個例子中女兒本身也非常喜歡此名。暱稱「Q・羅」。

以我的情況來說，若是以出生地爲名就成了「村上兵庫」，怎麼看都帶有《三武士》那樣的感覺。最近我周遭也出現不少小朋友擁有形形色色經過精心考慮的名字，但是採用地名的例子還不曾聽說過。建議接近預產期的讀者可以翻翻地圖找一找，不知意下如何？

雲漢峰的故事

（’85・4・5）

《老爺》雜誌企劃了一個名爲〈新世代旗手〉的特集——這個標題似乎在哪裡聽過——其中列舉了一串四十歲以下有才華的人士，雲漢峰（Windham Hill）唱片的創辦人威廉・艾克曼（William AcKerman），也名列其中。

我也擁有幾張雲漢峰的唱片，經常會放來聽。雖然說不上是熱情的愛好者，但是在寫稿的時候放來當作背景音樂，感覺很舒服。不帶強烈自我的美妙音符，營造出一份空靈的感覺，不禁讓人產生好感。吃早餐的時候也會放來聽。

雲漢峰唱片的樂迷中，似乎有許多是經歷過反文化的三十歲階層。根據《老爺》雜誌的說法是「因應中年期的生理需求所創作的音樂，爲的是塡補青春期未能得到滿足的空虛」，這麼說來讓人覺得好像也言之有理噢。我的音樂喜好最近也越來越混亂，熱中於六○年代前半的奧涅・科曼（Ornette Coleman），也著迷於布拉姆斯的室內樂，休・路易也是每天都會聽，自己都快搞不淸楚到底什麼是什麼了。或許這也是青春期未獲滿足的空虛的緣故也不一定。

艾克曼自幼生長於孤兒院，九歲的時候被養父母領養。雖然他上過史丹福大學，但是因爲熱中於吉他與木工的工作而輟學，前者當作興趣，後者則是算是職業，這可說是六○年代之子（Sixtys Kid）的一個典型。一九七五年，他邀集友人一同自費出版唱片，獲得了超乎想像的好評。

「大編制的音響會破壞演奏者與聆聽者之間的溝通。」艾克曼說道。「我們不願意以商業考量來做事情。我和妻子可以好好享用自己想吃的東西，可以喝一瓶十美元的葡萄酒，還有大房子可以住。我有木匠的工作，妻子也在經營書店。我們純粹是以製作出好音樂為出發點來做這份工作的。我希望這種單純的想法能夠感動別人。」

這樣的想法不禁營造出一種「咦，今年是西元哪一年啊？·Peace」的氣氛，而大家對於他的這種態度也予以肯定，使得喬治•溫斯頓（George Winston）的LP《秋季》（*Autumn*）光是在美國就賣了五十萬張。製作費僅僅一千七百二十美元。「六〇年代的孢子耐過冰凍的七〇年代之後，終於在八〇年代嶄露了頭角。」《老爺》雜誌這麼寫道。

阿諾・史瓦辛格

（'85・4・20）

長篇小說的工作終於告了一個段落，連續兩個禮拜都跑去看電影。今年的春季有《沙丘魔堡》（*Dune*）、《２０１０：威震太陽神》（*2010*）、《女鼓手》（*Little Drummer Girl*）、《魔鬼終結者》（*The Terminator*）、《*Neverending Story*（大魔域）》等多部強檔鉅作，每部都值得一看。只是我覺得，像《*Neverending Story*》這種適合闔家觀賞的作品還是應該取個像《說不完的故事》之類易懂的日本片名，感覺不是比較親切嗎？ 用這麼長一串片假名將英文片名拼出來，小朋友可記不清楚。

由於我也算是個《蠻王科南（*Conan the Barbarian*）》迷，因此特別喜歡阿諾・史瓦辛格（Arnold Schwarzenegger）主演的《魔鬼終結者》。這部集《銀翼殺手》（*Blade Runner*）、《異形》（*Alien*）與《克麗斯汀的魅力》於一身的驚悚電影，在美國創下連續六週觀眾人數No.1的紀錄，讓業界的人都跌破了眼鏡。這個講話帶有德國口音的壯漢所主演的電影竟然會大賣座，任誰也無法想像。

阿諾・史瓦辛格，一九四七年出生於奧地利，高中畢業後渡海來到美國，至一九七五年爲止已經拿下四屆環球先生（Mr. Universe），一次世界先生（Mr. World），以及六屆奧林匹亞先生（Mr. Olympia）的頭銜，創下了驚人的紀錄。此外他還有三本健身相關書籍打入暢銷排行榜，目前還是一個成功的房地產業者。除了房地產公司之外，他還擁有製片公司，並且在CBS與ABC擔任運動節目解說員。由於他早已經是個大富翁，據說演出電影純粹只是興趣而已。眞是了不起啊。他在《滾石》雜誌的專訪中表示，這部電影之所以成功，原因應該在於自己所飾演的是反派角色吧。導演詹姆斯・柯麥隆（James Cameron）爲了要顚覆史瓦辛格在《王者之劍》中的英雄形象，讓他有窮凶極惡的演出，但這個萬惡的魔頭確實成了全片的重點，看了不禁令人叫好。與這個反派相比，好人方面卻顯得一點都不起眼。據說試片的時候，大批觀衆也對反派的史瓦辛格大呼：「幹得好，阿諾。殺啊！」將感情全都投入了他這一方。實在是一部非常不可思議的電影。

電影剛開始的時候有史瓦辛格全裸的鏡頭，依例局部打霧遮住了，不過那話兒眞是讓人既想看又不想看……

電影與爆米花

（'85・5・20）

一說到電影就聯想到在黑暗中吃爆米花，這在美國可說是常識，但是隨著錄放影機（VCR）的普及，這種情況也逐漸有了改變，《紐約時報》上這麼寫著。人們不再特地往電影院跑，取而代之的是悠哉游哉地在自己家裡欣賞新近推出的電影度過週末。其中最大的理由就在於經濟方面的問題。

以夫婦一同去看電影為例，門票每人五美金，爆米花一元五角美金，如果有小小孩的話還得加上請保姆的費用。相較之下，去租一捲錄影帶大約才三美元。差距顯而易見。「至於爆米花，這種東西自己動手做非常便宜。」一位主婦這麼表示。

外出很麻煩也是個原因。「由於紐約的冬天寒冷，這種時候就去租兩、三捲帶子回家，再做一大盆爆米花就好了。」也有人這麼說。這麼看來，對於電影與爆米花間的相互關係，美國人似乎抱持著可以說是巴夫洛夫（Pavlov）式的信念。至於我嘛，則是喜歡邊看電影邊吃竹筴魚壓壽司。

面對這種趨勢，電影院方面的看法可以分為兩派。樂觀派以為：「美國人畢竟還是喜歡看大銀幕的電影，而且年輕朋友會為了那種黑暗的氣氛而來電影院約會」；悲觀派則大吐苦水：「鬧區的治安也出了問題，這樣下去電影票根本沒有辦法調漲」。但不論怎麼說，VCR的普及對電影放映界而言，是個自戰後那一段TV震撼期以來的重大問題。在這一點上面，雙方的意見倒是一致。

住家附近也有錄影帶出租店，我每個禮拜也會去租個一、兩捲帶子回來看。若像我這樣住在地方都市，要去東京的確很麻煩，有這種出租系統實在是方便之至。還可以一面看電影一面喝酒、做做伏地挺身，或是和貓咪玩。可是錄影帶的電影這種東西，若是獨自一個人看就一點意思也沒有了。旁邊有別人在，可以邊看邊談論那個怎樣這又如何的時候是很不錯，但如果一個人靜靜地看，心情就會逐漸低落，反而變得想要去電影院了。

眞是不可思議的事。

最差勁的城市

（'85・6・5）

雖然我不曾實際弄到手讀過，但在美國有這麼一本名爲*Place Rating Almanac*的年鑑。書中將全美各處土地與城鎮做了排名，其中有個〈大都會圈（Metropolitan Area）適於居住的城市〉的排行榜，榜上的第一名是匹茲堡，第三百二十九名（也就是最後一名）是位於加州薩克拉門多谷（Sacramento Valley）的猶巴市。

這個評比，是依據氣候、地形、住宅情況、醫療設施、環境、犯罪率、教育設施、文化・育樂設施、經濟狀況等因素作爲標準，而猶巴市在各個項目的排名都吊車尾——出版此書的藍德・麥可納利（Rand McNally）出版社如此主張。

可是猶巴市的兩萬市民對此可就不服氣了。他們在這個饒沃、平和而溫暖的小城，過著非常幸福的生活。或許醫療設施確實是比較少，但是該市已建立了完善的到府訪問醫療制度，也可以用救護直升機將病患轉送近郊的大醫院。所謂的犯罪率高，大半也只是車庫裡的木工工具遭竊這種程度的案件，搶劫與暴力犯罪一件也沒有。雖然沒有育樂設施，但是可以在河裡釣鱒魚，也是狩獵野鳥的勝地。學校數目是少，不過SAT（學業評價測驗）的平均分數在全國卻是名列前茅。這個城市有哪裡不行了？　不要光從數字判斷，實際走訪這個城市親眼看看嘛，他們這麼抱怨著。

只不過猶巴市的市民儘管生氣，對於自己居住在最差勁的城市一事倒是還滿能夠自得其樂的。市長穿著 I Survived Yuba City & Loved It（我在猶巴市殘活下來而且樂在其中）這樣的T恤加油打氣，汽車上貼著「藍德・麥可納利，來親吻老子的地圖吧」（這是借用地圖atlas來暗指屁股ass）的貼紙，餐廳也打出「最爛城市的最佳餐廳」這樣的招牌。

讀著這篇報導，我竟然也越來越想去這個猶巴市看看了，眞是不可思議。如果處於相同的立場，日本人恐怕沒有辦法看開到如此程度吧。若是有那家餐廳打出「慘遭山本益博痛批的店」這種招牌的話，反而會讓人想要進去試試看呢。（註：山本益博，美食評論家）

私立監獄

（'85・6・20）

「私立監獄」一詞，乍聽之下令人不禁會大吃一驚，可是美國就實際出現了私人企業經營的監獄。造成這種狀況最主要的原因就在於受刑人的人數增加，以至於美國目前在監獄服刑的囚犯竟然高達六十六萬人，這個數字是十年前的兩倍。但是相對的，監獄設施的數目卻沒有什麼成長，所以各地的監獄都大爆滿，實在沒有辦法的時候甚至刑期未滿就逕行釋放了。

除此之外供養囚犯的費用也不容小覷。一名囚犯所需的年度經費，全國平均是一萬四千四百美元（若各州分開來看，最便宜的是德州，平均六千九百五十一美元，最高則是阿拉斯加的三萬六千四百九十三美元，不過到底是什麼原因造成這麼大的差距並不清楚）。若是這種情況繼續下去，據專家估計，未來十年間光是擴充監獄設施可能就必須花費七十億美金。對州政府而言，這實在是個頭痛的問題。

於是，私人企業所經營的監獄營利事業就應運而生了。私立監獄的利基在於所需經費要比公營監獄（這麼說總覺得有點怪怪的）便宜不少。不論在哪個國家都是如此，民營企業在經營上遠比公營事業用心，而且從業人員的退休金或退職金也可以用遠低於公務人員的標準辦理，從這些方面來看確實很合理。舉例來說，公營監獄的建設需要七、八年的時間，但是私立方面卻只要一年就可以完成，實在了不起。

私立監獄的經營原理就是牢籠即工廠，囚犯們靠自己的勞力賺取工資，這些錢部分用以支付獄方設施的費用，其餘則可以寄交家屬，或是作爲付給被害人的賠償金。還可以學得一技之長。若照這樣說來我也覺得果然是這樣，但卻怎麼也無法釋然。這種形式就是州政府將受刑人借予民間企業，企業則利用他們來營利，因此以社會道德的立場來看，即使是以改革作爲名目，都是相當不自然的事情。民間企業的保安人員配備武裝擔任警衛，如有必要可以逕行開槍射殺人犯，這也實在太不像話了。

只不過法務當局相關人員的說法卻是「反正銀行的保全人員也持有槍械，沒有什麼關係啦」。眞的沒有關係嗎？

紐約式笑話

（'85・7・5）

在美國電影中經常會看到脫口秀（Stand-up Comedy，約等同於日本的漫談，單口相聲），憑我那點外語能力根本無法理解其中的幽默。周遭的人都捧腹大笑東倒西歪，只有自己無法理解其中的幽默，這種摸不著頭腦的感覺實在痛苦。

只不過，若要說能夠理解語言就可以完全明瞭脫口秀的幽默，也並不是這麼回事。紐約有紐約式的笑話，好萊塢有好萊塢式笑話，兩者的內涵有相當程度的差異。好萊塢的人認爲紐約式笑話過於神經質，紐約人則認爲好萊塢式笑話 laid back（鬆散）。因此舉例來說，紐約客以外的人聽到了紐約式笑話，經常會有一點也不覺得好笑的情況發生。

獲得紐約客認同的紐約式幽默，包括葛丘・馬克斯（Groucho Marx）、伍迪・艾倫（Woody Allen）、藍尼・布魯斯（Lenny Bruce）、梅爾・布魯克（Mel Brooks）、吉爾妲・瑞德納（Gilda Radner）等人，至於鮑伯・霍勃（Bob Hope）、裘利・路易、比爾・寇斯比（Bill Cosby）、雷德・史凱爾頓（Red Skelton）這幾位則都不合格。紐約式笑話的必備條件中數一數二的就是速度，如果在濺血之前就讓人瞧見了刀刃，這個笑話就太慢了。

心理學家指出，紐約式幽默可說是在紐約市討生活的人們的必需品。而且，那種幽默與市街本身一樣，非得含有麻俐而尖銳的惡毒不可。構成這種幽默的成份是不安是壓力是緊張。

「LA的觀衆會感覺『哎呀呀，這眞好笑啊』而發笑。」某諧星說道。「可是NY的觀衆不同。他們發笑的方式就好像肥皀泡炸破一樣」。大多數的紐約客總會想辦法讓自己當個insider，若是跟不上別人而成了outsider就會感到害怕。正因爲如此，即時對爽利的幽默做出發笑的反應，對他們而言是不可或缺的確認行爲，那些一點也不緊張的溫呑幽默是沒有人理會的。

相較之下，爲了東京insider設計的眞正的insider式笑話，我認爲目前似乎還略嫌不足。在這層意義上，大阪人的笑的方式就一直都是insider了。這大概是因爲東京這個城市過於「全國區」的緣故吧，我想。

賞名人

（'85・7・20）

所謂賞名人（Celebrity Watching），顧名思義就是在遠處觀察那些知名人士。基本規則與賞鳥相同，就是「看儘管看，可是禁止動手」這麼回事。

在紐約賞名人最直截了當的方法——我想在東京也應該完全相同——就是前去經常有名人光顧的店家。然後只要佔個吧台的位子，一面小口啜著飲料一面留意餐桌區就好了。周日版的《紐約時報》就列舉了三家這樣的店，分別是「俄羅斯茶坊」（Russian Tea Room）、「漪蓮」（Elaine's）、以及「莫堤墨」（Motimer's）。

經常光顧「俄羅斯茶坊」的名人大多是演藝圈人士，例如梅莉・史翠普、達斯汀・霍夫曼、亞瑟・米勒、伯恩斯坦（Leonard Bernstein）、郭德華市長（ED Koch）、黛安娜・羅絲（Diana Ross）（以下不勝枚舉）等等。由於洛・史泰格（Rod Steiger）與伍迪・艾倫是絕對不會把帽子脫下來的，非常好認。截至目前爲止，在「俄羅斯茶坊」最爲衆人所注目的名人，據說是賈桂琳・甘迺迪・歐納西斯與伊麗沙白・泰勒（Elizabeth Taylor）。

光顧「漪蓮」的客層，來頭與「俄羅斯茶坊」相比也不遑多讓。甚至還有一說，在「漪蓮」要找到非名人還比較困難。這家店的常客包括威廉・史泰隆、馬里奧・普佐（Mario Puzo）、約瑟夫・海勒（Joseph Heller）、安迪・沃荷、尙皮耶・朗帕爾（Jean-Pierre Rampal）、羅伯・阿特曼（Robert Altaman）、以及亞柏特・芬尼（Albert Finney）等等。這家店的客人看到名人現身大多不會大驚小怪，幾乎都會裝作沒有看到。據說唯有米克・傑格（Mick Jagger）上門的時候情況最特別，整間店會突然變得鴉雀無聲。

與前述兩家比較起來，「莫堤墨」更是時髦得多，來光顧的名人也都是時髦人士。例如奧斯卡・狄・拉・倫塔（Oscar de la Renta）與弗拉狄米・霍洛維茲（Vladimir Horowitz）等等。這家店裡的客人不論看到什麼樣的名人上門都絕對都還能夠保持冷靜。所以，若是眼光過分在名人身上打轉，經理便會過來提醒你要節制。邊啜著酒，邊找機會以含蓄的視線偷瞄個兩、三次就比較理想——有這麼個情況。看來是件高難度的任務。

順便一提，據「俄羅斯茶坊」的老闆表示，名人也很喜歡看別的名人。哈哈哈。

東京的咖啡廳

（'85・8・5）

當今世界上，哪一個城市的咖啡最香醇可口呢？沒錯，當然就是東京。日前周日版的《紐約時報》也曾用了一整個版面極力主張「東京的咖啡如何香醇可口」。

「（東京的）咖啡廳所供應的咖啡的水準，範圍介於『實在好喝』到『無可挑剔的香醇』之間。」撰文者這麼描述。「最令人訝異的是其一般水準之高。你完全不須要站在咖啡廳的門口猶豫，到底這家店的咖啡好不好喝。不論哪裡的咖啡都很香醇。在東京所喝的咖啡，從來沒有一次令我失望的。」

肯定到這種程度，令我不禁有幾分懷疑（咖啡很難喝的店也有啊），但是以平均分數來看的話，東京的咖啡與歐美各城市相比是壓倒性的高，這一點應該是不會錯的吧。由於這篇報導相當有意思，容我繼續引用。

「咖啡通常是伴隨著『おまたせいたしました』這麼一句台詞送上來。意思是「I have kept you waiting，讓您久等了」。畢竟濾式咖啡也需要六分半鐘處理，是得等一下子。咖啡杯放下時把手總是朝向左邊。這是爲了避免妨礙客人用右手拿湯匙攪拌。」

「至於店的規模，這是指中規中矩的那種咖啡廳而言，相當小，裡面的氣氛十分溫馨。首先會爲客人送上冰水與おしぼり（rolled-up moist towel，濕毛巾捲）。冬天時的毛巾是溫的，在夏季則是冰涼的。然後留下一段時間讓您參考菜單，選擇咖啡豆的種類與烘焙方式。」

嗯哼嗯哼，這可說是相當正確的描述。《紐約時報》所推薦的東京優良咖啡廳有，代代木的TOM'S、新宿的「珈琲屋」、青山的「大坊」（這家的咖啡我也很喜歡）等等。由於我也很喜歡喝咖啡，經常光顧咖啡廳，而且也覺得東京的專賣店供應的咖啡大體來說品質都很好。可是這樣的咖啡喝多了之後，有時又會非常想喝沒有什麼味道好像稀薄泥水似的咖啡，於是就會跑去「唐先生甜甜圈」（Mr. Donuts）咕嘟咕嘟喝上兩大杯那種咖啡。這篇報導的作者是英國的前駐寮國大使亞倫・戴維森（Alan Davidson），是一個老饕，我倒是想聽聽一般美國民眾的感想呢。

（’85・8・20）

布萊恩・費瑞 vs. 米克・傑格

說到潔莉・霍爾（Jerry Hall），就是因爲米克・傑格從布萊恩・費瑞（Brian Ferry）身邊橫刀奪愛而名噪一時的頂尖模特兒，她在《浮華世界》上發表了一篇回憶錄風格的手記，篇幅相當長。雖說是手記，卻也不是她親自動筆所寫，而是由本人口述再經作家整理而成的文章。不過若是與日本以同樣的方式（大概）製作的所謂明星書相比，她的口語表現活潑生動，讓人讀來覺得相當有意思。

潔莉出生於德州偏僻鄉間的美斯基特（Mesquite），長大成一個與「時髦」距離相當遙遠的高個子鄉下姑娘。可是有一天，幸運之星突然在她的頭頂放出了光芒。她因爲交通事故受到輕傷，主治醫生並未經過敏測試就直接開立盤尼西林處方。拜此之賜，潔莉獲得八百美元的賠償，並得以帶著這筆錢飛向了巴黎。人生就是這麼難以預料。

好運又接踵而來。在坎城海邊游泳的潔莉被星探發掘爲模特兒，再加上母親爲她縫製的「德克薩斯式」時髦洋裝在巴黎被視爲「帳篷」而成爲衆所矚目的焦點，最後甚至還上了《時尚》（*Vogue*）雜誌的封面。後來，《羅西音樂合唱團》（Roxy Music）的布萊恩・費瑞看到那照片後不但考慮請她當唱片封面的模特兒，兩人之間甚至萌生愛苗，終至訂下了婚約。到此爲止簡直就是一段完美的通俗羅曼史的情節。

話說這位布萊恩・費瑞是個極其纖細而內省的人，起初潔莉對於他的這一面是感到著迷而且崇拜，但是不覺間就漸漸感到非常厭煩了。這時殺出了一個與費瑞完全不同類型的米克・傑格——這也是常有的事——於是有一天晚上，潔莉就在紐約落進了米克・傑格的手裡。這是布萊恩・費瑞在日本公演時發生的事情。

這篇手記的壓軸無論如何都要屬米克・傑格強迫式的求愛，以「我送妳回家吧」「不請我進去喝杯茶嗎」「可以吧」這種簡單而原始的方法步步施壓，終於將朋友的未婚妻，這個美麗的頂尖模特兒弄到了手。而後這八年來，兩個人過著幸福美滿的婚姻生活。

「原本我還以為，能夠維持一年就算是奇蹟了。」潔莉・霍爾如是說。

可樂戰爭

（'85・9・5）

美國目前正在進行激烈的可樂大戰。電視與收音機裡接連不斷地播放萊諾・李奇演唱的百事可樂廣告歌曲，可口可樂方面則以口味煥然一新的"New Coke"發動攻勢。由於我並不是多麼喜歡喝可樂，是百事可樂還是可口可樂，是傳統的還是新口味，感覺好像都沒有多大的差別，但是對一般的美國人而言，這似乎卻是個相當重要的問題。

《巴爾的摩太陽報》（*Baltimore Sun*）的羅勃・坎斯柏，便在「這只是個充滿個人偏見的結論」的前提之下，公佈了各種可樂的口味測試結果。測試的方法相當簡單。先準備六個玻璃杯。所測試的可樂有三種，①百事可樂②傳統可口可樂③新可口可樂，三種都事先徹底冰過。其中三個玻璃杯裡放進了花生米，另外三杯則什麼都不加。爲什麼可樂裡要加花生米呢？據說是因爲美國的小孩子經常喝放了花生米的可樂。可樂竟然有這種喝法，直到現在我才第一次聽說。以後有機會一定要試試看。

在此介紹一下坎斯柏先生的結論。首先沒有花生米的是①百事可樂與②傳統可口可樂難分軒輊並列第一，③新可口可樂則小幅落後。加入花生米的部分則是①百事可樂領先②傳統可口可樂獨占鼇頭，放了花生米的③新可口可樂則是只有「難喝」兩個字可以形容。他採用了「眞想拿去給狗喝」來表達，這可是相當夠瞧的了。新可口可樂的評價總的來說並不怎麼樣。

據坎斯柏描述，可口可樂的甜味原本就已經比百事可樂重，新可口可樂的這種傾向又更強了一層，而碳酸味的刺激卻不見了。可是百事可樂方面反而還發表聲明，指稱新可口可樂的味道向百事可樂靠攏。到底哪一邊才正確，讓我根本無從判斷。

如果以一句話來說，那就是除非能弄到傳統可口可樂，否則還是不要在可口可樂裡面放花生才是明智之舉。喜歡這種喝法的人請特別注意。

吉姆・列斐伏爾如是說

（'85・9・20）

在日本職棒打過球的外籍選手談到當時的回憶，大致上有一個基本模式。他們幾乎都有這種感覺：「日本職棒的管理方式實在過於嚴格，因而缺少了一份速度感。個人的能力也很難有所發揮。還可以看到好些不太容易親近的奇怪習慣。」

曾經投效羅德・獵戶星隊的吉姆・列斐伏爾（Jim Lefebvre）（四十三歲）也是其中一人，不過他在接受《檀島星報》（*Honolulu Star-Bulletin*）採訪時對記者表示：「在日本的經驗，拿任何東西來我都不換喫。」至於為什麼列斐伏爾為什麼會在檀香山，是因為他身為鳳凰城巨人隊的教練，為了與島人隊（Islanders）的賽事而遠征夏威夷。

「我打從心底尊敬日本人。」列斐伏爾繼續說道。「他們眞的是非常勤勉而且有組織的民族。他們會獲得成功也是理所當然的事情。我的領導方式裡也加進了許多在日本學習的心得噢。」

附帶一提，列斐伏爾所領軍的鳳凰城巨人隊，目前已經登上了3A的首位。甚至連那位雷傑西（Rajsich）都表示「希望能接受列斐伏爾的指導」而自願退居小聯盟，可見他當教練的手腕也相當受到肯定。

只不過日本也有許多事情令列斐伏爾感到困惑不解。「有一次，我在一出局滿壘的狀況下才剛站上打擊位置，教練竟然衝過來交代『喂吉姆，與其被雙殺的話還不如三振好了』。我詫異地回嘴『我才不接受什麼被三振的命令呢』。於是教練又說『努力看看吧（Try）』。結果到頭來——並不是故意的——還是被三振了。」

此外，日本職棒的嚴苛訓練，不論對列斐伏爾或是許多其他外籍選手而言，都是件深感苦惱的事。「雖然我是在體能狀況最佳的時候來到日本，仍然大感吃不消。與其說那是練習，不如說是玩耐久遊戲。與內容的充實度相比，持續的時間與反覆的次數這些方面對他們而言才是大事。從早上七點一直持續到晚上十點半，連續操練六個禮拜，連個假日都沒有。這樣搞下來把專注力都磨掉了，我覺得反而達不到效果。不過在日本打球的經驗對我來說非常棒噢。我喜歡日本人，也覺得很快樂。有機會我還想回日本去。」

即使扣除專訪是在日裔人口眾多的夏威夷進行這個因素，吉姆・列斐伏爾似乎仍然是個相當親日派的人。

隕石獵人

（'85・10・5）

這個世界上職業的種類實在是五花八門，其中還有好一些存在於遠遠超出我們想像力的領域裡。

例如居住在亞利桑納州土桑（Tucson）的羅柏・哈格，這名二十八歲的男子竟然是以蒐集隕石爲業。從薩哈拉沙漠到新幾內亞的山區，他的足跡遍及各地，遭遇山賊、被崩落的土石掩埋，只爲了尋找隕石。

在這五年之中，他已經發現了十五顆隕石的上千塊碎片，一個個的價格下從「形同免費」上至四千美元不等。這些隕石的買主包括博物館、葛達太空飛行中心（Goddard Space Flight Center）、國防部等等。因此以「隕石獵人」（Meteor Hunter）作爲職業，是完全成立的。

不過就如同大多數投入狂熱性職業的人一樣，哈格先生絕對不會過著終日汲汲於營利的生活。他除了將隕石售予他人之外，本身也是個收藏家，家中擁有價值超過十萬美金的隕石收藏。「我曾經爲了一顆隕石花了五千美金。」他說。「相當於一公克三十美元，這可是比黃金的價格還要高喏。」決定隕石價格的唯一因素就在於大小，體積越大者價格越高。

哈格先生之所以會以此作爲職業的機緣，是因爲十三歲時隨著雙親帶去墨西哥旅行，在那裡親眼目睹了巨大的流星。那顆火球劃破了天空猛烈撞擊大地。自從那個時候開始，他就被隕石這種東西給迷住了。他把自己目前的職業稱爲「宇宙不動產業」。

大多數人對於隕石的錯誤認知之中，有一項就是溫度。人們會以爲剛落在地上的隕石會熱得滋滋作響並且冒著煙，但事實上卻是非常冰冷的。畢竟數百萬年來一直處於零下兩百度的冰凍環境中，沒有那麼簡單就會變得發燙。「溫度可能會低到無法直接用手碰觸噢。」他說。讀了這篇報導之後不禁令我深深感嘆，世界上還眞是上充滿了千奇百怪的現象哪。

艾力克・西格爾如是說

（'85・10・20）

艾力克・《愛的故事》・西格爾日前推出了長篇小說《同班同學》（*The Class*），但是就如同西格爾（Erich Segal）的多部作品一樣，作者對於書評都不盡滿意。

「直到目前爲止，我都不曾看到任何一篇正面的評論。」他在接受報紙專訪的時候這麼回答，模樣看起來似乎很沮喪。畢竟作品不但打入了暢銷書排行榜，又有許多電視節目製作人爲了電影版權而展開了爭奪戰。對於自己遭到評論的修理，他表示「很遺憾（I'm sorry）」。但是身爲同行的我卻覺得是很可憐（I'm sorry），同時我也認爲，不要說抱歉（**never say I'm sorry**）應該也作家必須具備的能力之一吧。

「內人很喜歡我這本書，她表示『如果世界上眞有所謂正義的話，應該要出現正面的評論才對』。可是我說呢，『世界上並沒有正義這種東西。如果我夠幸運的話，就會被大家接受吧』。事實上正是如此，而且我將會帶著那些（金錢與名聲）躲得遠遠的」。可是與這番話正好相反，他所追求的既非金錢也不是名聲。財富與名聲他都已經擁有了。西格爾所追求的是尊敬（**respect**）。

「我從來不認爲自己是一個大作家。」他說。「可是我無法忍受不合理的批評。好歹自己也是個有才華的作家，我希望這一點能夠獲得肯定。」

總而言之，他希望在小說家這個領域也能夠像身爲大學教授那樣獲得尊敬。不過，要想同時獲得名聲、財富與尊敬——就像任何人想想都會知道那樣——可是一件相當困難的作業。若是能夠獲得其中兩項，我覺得就已經要高呼萬萬歲了，但是艾力克・西格爾先生似乎並不這麼認爲。這讓我有種感覺，平常習慣於受到尊敬的人，對於不受尊敬這種事似乎有神經過敏的傾向。除此之外，那本《愛的故事》（*Love Story*）出版時造成的騷動，讓西格爾至今仍記憶猶新。

「我上 Today's Show 接受專訪的時候，芭芭拉・華特斯（Barbara Walters）好像是興奮得昏了頭似的。於是她幾乎沒有進行訪問，而是對著鏡頭這麼說：『這個年輕人（boy）寫了本不得了的書。各位，趕快去書店買回來看吧』。到了當天中午十二點，全美國的《愛的故事》就賣得一本也不剩了噢。」

這種事我也很想經驗經驗，只要一次就好。

高級冰淇淋

（'85・11・20）

在秋天談到冰淇淋的話題讓我覺得有些不好意思，不過，全世界的冰淇淋產業目前都呈現欣欣向榮之景。不但消費量日益增加，品質也走向以往無可比擬的高級化。就如同牛仔褲經由設計師品牌而走向高級化一樣，冰淇淋只是廉價兒童點心的時代已在不知不覺間結束。如今即使在美國，也已經進入吃一球蛋捲冰淇淋至少要一美元的時代了。

在這樣的情況下，消費者中追求最高級的美食家冰淇淋，支撐著這個市場的，就是所謂的雅痞世代。以年齡而言，是二十五歲到四十五歲，生活享受意識比較高的白領階級。「要滿足這個需求就非常可觀了。是個前景無限的市場啊。」冰淇淋連鎖店的老闆表示。「但是問題在於他們的嘴一年年變得更刁，更貪婪地追求新口味。」因此，廠商若是不能開發出更美味、更新的產品，很快就會讓人吃膩而慘遭淘汰。是個競爭相當激烈的產業。一點也不甜美。

若是舉幾個新口味的名稱來看，居然連Bubble Gum、Peanuts Butter、Carrot Cake、Apple Strudel、Cherries Jubilee、Kahlua這些東西都有。雖然根本看不出來到底是些什麼樣的東西，但是我還是會想至少試一次嚐嚐。如果日本也有梅子口味啦文旦口味啦香柚口味啦之類的不是也不錯嗎？不過什麼納豆口味和柴魚口味可就敬謝不敏了。

對冰淇淋廠商而言，另外一個問題就在於脂肪。因爲人們吃了冰淇淋之後就會發胖，而如今許多美國人對於發胖這種事情又顯得非常神經質。

「可是呢，以目前的情況來說，冰淇淋的消費量並沒有因此而減少噢。」老闆說道。畢竟美國人就是喜歡冰淇淋，哪怕去健身房揮汗運動三個小時，也沒有辦法抗拒冰淇淋的誘惑。

這就像是啤酒之於我一樣。

自我治療用的衝浪

（'85・12・5）

上一回寫了有關冰淇淋的題目，這回來談談衝浪。眞是不好意思，都是些不合時令的話題。

「如今的狀況雖然已有相當程度的好轉，可是在我大學畢業的一九六〇年代，大家都認爲衝浪客根本就是些無賴。」說這個話的人，是在夏威夷大學研究海洋學的李察・葛利格博士。葛利格博士過去曾經是威美亞灣（Waimea Bay）的頂尖衝浪高手，現年四十八歲的他依然是一名非常出色的知名衝浪客。

「那個時候眞的很慘。只因爲我玩衝浪，就沒有人認同我的研究成果。即使我比別人加倍努力而有所發現，人家還是只會說那傢伙不過是運氣好罷了。我可是歷經相當長的歲月才獲得正面評價的喔。」

共和黨的議員佛萊德・海明格斯二世則是因爲玩衝浪，在政治活動上一直背負著相當沈重的包袱。因爲沒有人願意相信玩衝浪的議員。

父母親們也不願意讓孩子玩衝浪。因爲衝浪與棒球和足球不同，不能夠因此而獲得推薦進入大學的資格。

即使如此，若是從運動的角度來看，衝浪的地位與六〇年代相比已有顯著的提升。而衝浪客與六〇年代相比也逐漸褪去了輟學、放浪的色彩，嗑藥或是與女人胡鬧喧囂的情況也逐漸消失了。衝浪也終於以運動的身分取得了公民權，不再是「二等公民」了。

「衝浪的優點，就在於這是一種個人的運動。」衝浪雜誌的編輯表示。「衝浪會要求我們帶有純粹意味的正直（honesty），讓我們得以藉此發現自我的存在。處於海浪之前，我們必須直接面對種種恐懼。於是就會記住如何去克服恐懼。這可說是一種自我的精神治療喔。」

自我精神治療這種說法或許有些言過其實，不過在這秋日颱風將至的前夕，鵠沼海岸的海浪還眞是壯觀哪。

琳達・朗絲黛孤枕難眠

（'85・12・20）

《GQ》的音樂專欄作家班・馮＝托雷斯（Ben Fong-Torres），曾經擔任《滾石》雜誌的搖滾樂手專訪員十一年之久，他將自己的經驗談以Q&A的方式整理成透露內幕式的文章，相當有意思。再也沒有什麼會比內幕更有趣了。

Q　請談談布魯斯・史普林斯汀（Bruce Springsteen）的事情。

A　我沒有作過他的專訪。可是我太太曾經在梅西百貨公司碰巧遇到過布魯斯。他在那裡的內衣賣場溜達等女朋友買好東西。那個時候《天生勞碌命》（*Born to Run*）才推出沒多久，他的打扮仍然非常普通。於是內人用「咦，莫非你就是？」的眼神看著他。接著布魯斯則報以「沒錯。可是請不要張揚」的眼神。當然，我太太還是把這件事傳開了。

Q　曾經和搖滾樂手發生過超友誼關係嗎？

A　超友誼嘛……嗯，有喔。有一個夏天晚上，在曼哈頓。那是我撰寫她的專訪報導後一年的事情了。夠了，趕快進行下一個問題。

Q　覺得最遺憾的事情是什麼？

A　這可是千眞萬確的事情。有一名女性歌手——沒錯就是那個朋友噢——打算前往賭城找艾維斯・普里斯萊，問我要不要一起去。雖然這是個千載難逢的大好機會（註・貓王是出了名的討厭專訪），無奈我已經約好要和荒野之狼（Steppen Wolf）的約翰・凱（John

Kay）在LA會面了。實在是令人扼腕哪。

Q　記得最清楚的一幕是什麼？

A　情人節那天晚上演唱會散場後，我曾經燃起一股想要將琳達・朗絲黛（Linda Ronstadr）緊緊抱住的衝動。那個時候她的唱片大賣星運正順，因爲巡迴演唱會來到了檀香山。情人則在LA。演唱會之後我權充護花使者送琳達回飯店，在等電梯的時候，她注視著一對緊緊牽著手狀似親密的情侶。然後說道：「我卻連個吻我一下的都沒有啊。」似乎很不服氣。可是我這個人實在是不願意趁人之危哪。

附帶一提，這篇文章的標題是〈情人節的夜晚，琳達・朗絲黛孤枕難眠〉。嗯—，這該怎麼說呢……

盜墓

（'86・1・5）

說到盜墓，我們往往會立刻聯想到古代墳墓的故事，但即使在現代也依然存在著盜墓賊的後裔，並且造成社會巨大的損失。

截至目前為止，康乃狄格州的帕瑪鎮墓園已經有五十四塊墓碑突然在夜裡不翼而飛了。這些全都是製作於十八世紀初期，上面雕刻著天使圖案的殖民時期風格氣派墓碑。像這類的古老墓碑被當作是一種民俗藝術品，在收藏家之間有很高的行情，於是盜取墓碑再流入黑市的傢伙就登場了。

以曼哈頓的情況為例，這類墓碑的交易價格可高達三千美金，然後被拿去當作中庭（**Patio**）的鋪石（**flagstone**）或者搖身一變成為咖啡桌。而這些墓碑都是從新英格蘭鄉間的墓園弄過來的。

日本人或許很難想像竟然會用墓碑來做咖啡桌，但是美國的古老墓碑非常具有裝飾性，這個點子本身的確不壞。據說史蒂芬・金就曾在一張這種咖啡桌上完成了一部長篇小說。

像這樣大量墓碑遭竊的案子，有關當局非常重視（我也認為理應重視），針對墓碑的竊盜與交易，制定了最高五年徒刑・罰款五千美元的法律條文作為取締的依據。此外，保護墓園的民間團體也全力追查遭竊墓碑的下落，並且獲得相當大的成果。例如一九六六年在康乃狄格州哈達姆（Haddam）遭竊的一塊墓碑，就於一九八三年在蘇活的藝廊被人發現，那家藝廊還爲墓碑標上了一千九百五十美元的標價。而且死者的名字「康斯坦丁・貝加」都還完整地刻在上面。當然，這塊墓碑被送回了哈達姆的墓園。經由取締，這種墓碑交易也逐漸銷聲匿跡了。

話雖如此，墓碑在地下（underground）的世界裡依然是種有行有市的收藏品，而且爲了避免日後被追查出來，墓碑都遭到巧妙的分割，只有部分以美術品的名目公然在市場上推出。不盜取整塊墓碑，而是只將有雕刻的部分切割竊走，這種盜墓賊也有增加的趨勢。

在我的想像中，做出這種事，絕對會被某人詛咒或是有鬼魅作祟之類的災厄降臨才對，情況到底如何呢？

傑・麥克納利的明燈

（'86・1・20）

說到當今美國最受矚目的年輕小說家，自然非傑・麥克納利（Jay McInerney）莫屬。啪啦啪啦翻著美國雜誌的時候經常會看到他的名字。例如《浮華世界》就刊登了他造訪在摩洛哥的丹吉爾（Tangier）的傳奇作家保羅・柏爾斯（Paul Bowles）時的會談記；在《時人》上則可以看到推出第二部長篇小說*Ransom*的麥克納利的專訪與介紹。才二十多歲，是名副其實熱呼呼的，炙手可熱的人物。

他的處女作《大城明燈》我已拜讀過，是本相當清新有趣的小說，雖然完全沒有受到文學評論的重視，但是在街頭巷尾卻普獲好評，成爲新人作家中的異類，破天荒地創下十五萬本的銷售記錄。由於長期罕有「青年作家」注入活水的美國文壇、平面媒體界將他譽爲沙林傑第二，新時代的菲力普・羅斯（Philip Roth），對此感興趣的朋友不妨找原文書來一讀。Vintage Books, *Bright Light, Big City*，售價五點九五美元。

麥克納利曾經取得普林斯頓的獎學金在日本待過兩年，回到美國後從事的工作是號稱地球上最困難的職業之一的《紐約客》雜誌校對，娶了一個當紅模特兒妻子，並且流連於紐約的夜生活、吸食古柯鹼，過著奢靡的生活。雖然這種生活不出數年便出現破綻，但是這段時期的經歷卻成了他創作《大城明燈》的題材。

一九八〇年，他在藍燈書屋（Random House）出版社負責審核原稿，在那裡結識了瑞蒙・《村上春樹譯》・卡佛。由於卡佛在雪城大學（Syracuse University）教授創作，便問他是否願意去上課。而後便在一九八三年完成了處女作《大城明燈》。

即使是從來不失冷靜的麥克納利（長相比丹・艾克洛德（Dan Aykroyd）稍微稱頭些），都不禁對於成功與名聲到來的速度之快感到幾分不知所措。

「爲了生活，我原本晚上還去酒鋪兼差的。」他說。「沒想到隨即就被人用飛機送去好萊塢，搖身一變成爲新進作家，接受盛宴醇酒的款待。有人打電話到我的經紀人那裡要推銷新進作家。說法竟然是『這傢伙會成爲第二個傑・麥金納利』噢。」

不論在日本還是美國，新進作家輪替的速率都快得驚人。

揮手的父子

（'86・2・5）

《時人》這份雜誌被認爲是以主婦爲對象讀者的那種閒談雜誌，而且事實上也的確有很多拿它沒有辦法的報導，儘管如此，若是仔細找找仍然可以像是〈零碼大拍賣〉一樣挑出還算有趣的報導。由於我非常喜歡這種「沒什麼用處可是非常有趣」的故事，所以還是會滿熱心地翻閱這個雜誌。例如這個「揮手父子」的故事就是一個很好的例子。

美國伊利諾州南部，有個名爲塔馬羅亞（Tamaroa），人口只有九百人的小鎭，那裡住著克拉倫斯・查普曼（六十三歲）與山謬・查普曼（三十六歲）這麼一對父子。查普曼父子倆經營了一家名叫「查普曼商號」的舊貨店，不過在這麼個小鎭上做生意就算要忙碌也忙不起來，於是兩人很自然地就搬了椅子坐在店門口，悠哉地打量過往的車輛順便曬太陽。

若是僅僅如此的話這不過是個平淡無奇的故事，可是查普曼父子並不以此而滿足，逐一向過往的每輛車揮手，就成了兩人每天的功課。而且這可不是輕輕將手舉起來而已，是以「嗨，日安，你們好嗎」這樣的感覺熱情地用力揮手。要說是有閒也莫此爲甚，但這可不是常人做得到的事情。

父親是個退休的機械工，兒子則是離職的大學教師。「曾經在南伊利諾大學教了兩年倫理學，但因爲很討厭那種斤斤計較的競爭，於是辭職回來父親的店裡幫忙。」兒子山謬說道。「雖說坐在路邊向過往車輛揮手根本就賺不了錢，但是其中卻蘊含著精神與肉體合而為一的感覺。」

果然是一派倫理學學徒式的分析，但即使將這種分析去掉，在安靜的鄉間小鎮路邊鎮日坐著無所事事，偶有車輛通過時便用力揮手，這樣的人生似乎也相當快樂。

「到了夏天，有時候會持續這樣做上十二個鐘頭左右。」山謬說。「一個小小的親切問候就會讓人心情平靜下來噢。」父親克拉倫斯說。

如果有機會由國道五十一號線經過南伊利諾的話，不妨留意一下克拉倫斯・查普曼與山謬・查普曼這一對「揮手父子」。

食品搜查犬

（'86・2・20）

曾經前往美國旅行的人應該都知道，美國機場對於從國外攜入的食品・農產品的檢查相當嚴格。不過若是考慮到一顆損壞的柳橙就可能危害到加州柳橙，一根有問題的香腸就會造成口蹄疫蔓延這種現實問題，美國農業部對於攜入食品的神經質態度，我自然也能夠理解。

紐約的甘迺迪機場，目前就有兩隻稱職的「食品搜查犬」，一隻是名叫「貝爾」的拉布拉多獵犬，另一隻則是名爲「特獎」的小獵兔犬。牠們一聞到旅客的行李中有肉類、芒果或柑橘類這些管制食品的味道，就會汪汪叫提醒檢查人員注意。

截至目前爲止，牠們靠那靈敏的鼻子已經獲得了相當不錯的成果，但是當然也有失敗的時候。「因爲過於靈敏，甚至連檸檬或是萊姆味道的刮鬍膏都會被找出來。」

訓練員哈爾・芬格曼說道。

「可是狗怎麼分辨得出是刮鬍膏還是什麼東西呢？畢竟只是隻小獵兔犬嘛。」

事實上，「貝爾」與「特獎」是第三任與第四任的「食品搜查犬」，首任與第二任已經退休，過著悠閒舒適的生活，但是第二任的「查克」卻得了相當嚴重的職業病，到現在每次出去倒生鮮垃圾的時候都還會迅速在旁邊坐下來等候檢查人員，境遇相當令人同情。即使是聰明的狗兒，生活中也必然有其辛苦的一面。

但是辛苦的不只是狗而已。負責沒收這類管制食品的人員也非常辛苦。一旦所攜帶的食品被沒收，大部分的女性都認為自己受到了不合理的待遇。

「有個芒果被我沒收的女士，從旅行箱裡拿出一條芥末擠得我滿身都是。另一位想要帶芒果闖關的女士——應該是加勒比海地區的人——一直緊跟在我背後拿針戳著人偶，搞了有一個鐘頭。」

芬格曼這麼說。

姑且不論正義到底站在哪一邊，沒收女性物品的男人沒有一個會有好下場的。

別擔心。有趣得很——東京迪士尼樂園

當我還是個小學生的時候，電視上有個名爲《迪士尼世界》的節目，每星期播出一個鐘頭。我經常收看。美國的迪士尼樂園完成於一九五五年，隨後沒多久，可以說在同一時代，我們日本小孩便經由電視畫面得知了迪士尼樂園的存在，只不過知道歸知道，並沒有辦法立刻前往。然後大約四分之一個世紀的歲月過去，我已經三十四歲了。如今，一九八三年四月，在千葉縣浦安的海埔新生地上，東京迪士尼樂園堂堂落成了。

如果問我高不高興，那當然是高興了。因爲我目前就住在千葉縣，附近有遊樂場所落成，實在是件可喜可賀的事情。可是我也覺得，以時間來說好像太遲了些。如果我至今都還保有那種一九五〇年代的，華德•迪士尼式的，原子小金剛式的人本主義（humanism）也是件傷腦筋的事，也有這樣的感覺。不過我仍然想去走一趟，想去見試一下。這樣的心境十分複雜。

這裡眞的很有趣！

可是，去參加三月十八日的這個「東京迪士尼樂園試遊會」的一行人當中，卻只有我有如此複雜的思緒，同行的安西水丸兄、松山猛先生，以及《運動畫刊》編輯部的N先生，都已經在美國體驗過了迪士尼樂園，根本就是熟門熟路了。水丸兄甚至是洛杉磯和佛羅里達兩地的迪士尼樂園都去過好幾回。「眞的會好玩嗎？」深表懷疑的我在入口處這麼問水丸兄，「別擔心。有趣得很。」他說。

接下來五個小時實地走訪之後的結論是，這裡眞的很有趣。還沒有去過迪士尼樂園的人如果還有所懷疑：「迪士尼樂園眞的有這麼好玩嗎？」的話，我也會像水丸兄那樣回答：「別擔心。有趣得很。」

迪士尼樂園裡有什麼樣的設備，準備了什麼樣的東西，這裡就不再贅述了。一來我認爲這些事情其他的雜誌或電視節目會有非常多的介紹，再者我的想法是，希望大家儘可能不要先行瞭解相關資訊，能夠像我這樣在完全是一張白紙的狀況下前往。以理想的狀況來說，最好是抱持著「橫豎不過是騙小孩子的嘛」這樣懷疑的態度出門。這樣的人絕對會有所得。無知，正是現代社會最高級的奢侈品。

令人佩服的三點

若以最普通的方式來說，東京迪士尼樂園的優點有三項。首先是廣大而整潔，第二是殷勤周到，第三則是幾乎會令人覺得濃膩的豐富菜色。這三項特徵，目前在日本遊樂園裡都還不曾見過。關於佔地寬廣這一點，只能說是大得不得了。若是以平常心前往，整個看過一遍就得花上一整天。至於清潔，簡直就是徹底到了偏執的地步，園內各隱蔽角落都配置有清潔人員，構成一個不論什麼樣的垃圾都能在十五分鐘內清潔乾淨的系統。我不小心撒出來的爆米花，竟然十秒鐘就掃走了。了不起。至於第三點的「豐富性」，我覺得第一次來玩的人想必會非常吃驚。如果抱著乘坐日本遊樂園的遊樂器的感覺上去，正覺得到這裡差不多就要結束了的時候，精彩好戲才正要登場。所以根本不必擔心會有「什麼！已經結束啦？」這種感覺。份量就好像在美國的餐廳所吃的香草富滋（vanilla fudge）一樣。

但是再怎麼說，最令我佩服的就是率眞的整體設計，沒有那種「沒見識過吧」、「怎麼樣」之類的小聰明。要做到這些而不顯得廉價，又要讓遊客百玩不厭，實在不是件簡單的事。簡單來說就是投入了相當的成本。費用方面，門票加上乘坐遊樂器等費用，一個人大約是四千圓左右，這一點或許有人會覺得貴，或許有人會覺得還算合理吧。但是我認爲，這種時候最好還是忘掉錢的事，和大家一同盡情去玩，這才是聰明人。因爲誰也不知道，像這樣花錢悠哉游哉享受的樂天態度能夠持續到什麼時候。

與奧運沒什麼關係的奧運日記

七月二十九日（星期日）

早上起床吃過飯外出跑步，沖過澡後突然想要聽《阿拉伯的勞倫斯》（*Lawrence of Arabia*）的電影原聲帶。正在聽著唱片的時候，共同通信社的社會部人員打電話來，詢問我：「現在電視上正好在轉播奧運的開幕典禮，請問您有什麼感想呢？」家裡沒有電視，而且對奧運也沒有什麼興趣，我說，「這樣啊，謝謝。」對方說完就把電話掛斷了。

這個時候，附近傳來夏日祭典咚咚咚的大鼓聲。起初我還在想是不是《阿拉伯的勞倫斯》的音樂的一部分，可是等到唱片放完後還是聽得到咚咚咚的聲音，才知道是大鼓聲。不過，《阿拉伯的勞倫斯》的音樂與卻意外地與大鼓聲非常搭調。

接著換上芭比・簡翠（Bobbie Gentry）收錄有〈Ode to Billy Joe〉的LP來聽聽看，可是與大鼓聲並不搭調。這時頭逐漸痛起來，便放棄聽唱片。雖說不過是夏日祭典罷了，但是對像我這樣每天悶在家裡工作的人來說，卻是非常難熬的事。尤其是〈船橋音頭〉的聲音隨風傳來時，簡直就是最悲慘的狀況。腦漿好像是嫩豆腐放在鍋子裡咕嘟咕嘟煮著似的，處於不停搖晃的狀態。沒有辦法實際想像這種狀況的人，不妨聽一遍〈船橋音頭〉試試。

說到這裡又讓我想到，以前還有什麼〈東京五輪音頭〉，那也是讓人打心底無法忍受。

由於我很受不了「オリィンピィックのカオとカオ」這歌詞裡的ィ音，每次一聽到那首歌就會立刻把耳朵塞起來。如果奧運也要在名古屋舉辦的話……光是想像就覺得可怕。

七月三十日（星期一）

夏天的早餐，再怎麼說都是海帶芽沙拉最棒。將份量多到難以置信的海帶芽、馬鈴薯與萵苣仔細攪拌在一起，然後澆上特製的沙拉醬，大口大口地吃下去。在夏季酷熱的日子裡，除了這個以外，其他的早餐我都不太想吃。海帶芽是日本夏季的金牌。銀牌是涼麵，銅牌則是涼拌豆腐。

如果夏天要出國很長一段日子，最令我苦惱的事莫過於沒有海帶芽了。爲什麼歐美人士不吃海帶芽呢？有一回在西雅圖搭乘渡輪，可以看見巨大的海帶芽在海底緩緩搖晃，只覺得非常可惜，口水都快流出來了。

這先擱下不提，總之，奧運已經在昨天開賽了。就我個人的感想來說，經過還不到二十年的歲月，總覺得奧林匹克運動會好像已經沒有味道了。所謂新式的奧運，我怎麼也無法喜歡。如今看來，一九六四年東京奧運前後時期的味道最棒了。羅馬奧運也很不錯。赫爾辛基、墨爾本，光聽到名字就讓人興奮不已。四、五個人聚在一起，邊喝著酒邊看赫爾辛基奧運的紀錄片，好像就會有種非常幸福的氣氛。

因此，我對這次的洛杉磯奧運根本提不起什麼興致。

去新宿和《朝日新聞》的千田先生碰面，將稿子交給他。千田先生表示昨天也看了奧運的開幕典禮。「開幕典禮嘛，一般來說都會看一下吧。不過接下來的比賽就沒有什麼興趣了。這次的也看啦。」他這麼說。

打電話去朋友家，「咦，你沒有看？很不錯噢，那個開幕典禮。有好多國家參加。」他告訴我。原來如此。

七月三十一日（星期二）

大學時的朋友麻知子今天約了我們夫妻，三個人一起去新大谷飯店（Hotel New Otani）的游泳池游泳。新大谷飯店的游泳池，躺椅的租金是一千圓。聽麻知子說，她上回去某飯店的游泳池，借用躺椅免費，而寄物櫃的使用費則是一千圓。順便一提，新大谷的寄物櫃是免費的。這個世界上還眞是有各式各樣的體系啊，我心想。

我個人偏愛的是麻布王子飯店的游泳池，雖然如今已經不復存在了，但是那裡眞的是感覺非常棒的游泳池。由於我家一直保持著不裝冷氣的傳統，一到夏天的高溫期，就會去投宿麻布的王子飯店，然後一直泡在游泳池裡。記得麻布王子飯店游泳池的寄物櫃與躺椅都是免費讓人使用的。喀啦喀啦推開房間的窗戶，外面就是庭園，游泳池在庭園的盡頭。雖然是座小型游泳池，但是人不多而且水又夠深，游起來非常舒服。由於地緣關係，也有不少攜家帶眷的外籍人士。

正聊著這個話題的時候，「游泳池怎麼樣我是不知道啦，可是麻布王子飯店天麩羅店的東西非常好吃噢。」有人插話這麼說。由於麻布王子飯店結束營業而吃不到那裡的天麩羅，讓那位仁兄覺得非常遺憾。眞的是一種米養百種人。世界上所有的天麩羅店都消失或是所有的游泳池都消失，哪一方會讓人覺得比較痛苦呢，我試著想了一會兒，但沒有結論。我既想吃天麩羅，也想要游泳。實在是難以抉擇。

因爲今天沒有看報紙，並不清楚奧運的狀況。

八月一日（星期三）

從早上開始一直在寫小說（名為《世界末日與冷酷異境》的長篇小說），到了三點多突然覺得煩得不得了，於是決定上街去看電影。已經有相當久沒有看電影了。考慮了好一陣子不知道該看什麼才好，最後決定去澀谷看一部名為《我在哈卡里的日子》的土耳其電影（原著小說《最後的授課》，中文版由小知堂文化出版）。由於很少有土耳其片會在日本上映，如果不把握機會去觀賞的話，就會永遠沒有機會看到了。

也不知為什麼，我非常喜歡土耳其這個國家。以前曾順道去過土耳其一下子，是個給人粗糙觸感的奇妙國家。我一定要再次以充裕的時間好好去環遊一周看看。若是去柏林，那裡也有條土耳其街，街上瀰漫著沙威瑪（Kebab）的香味。走進沙威瑪店，便可看到蒜鹽之類的特殊香辛料放在桌子上，感覺就好像日本的七味辣椒粉一樣。儘管一般的德國人都顯得很嫌惡，但那裡仍是一條相當棒的街道。

哈卡里是土耳其靠近伊朗邊境的一個省，位於高山之中，與文明完全隔絕。水、電、瓦斯統統都沒有。電影是以半紀錄片的方式追踪村民的生活，這種生活中的許多細節非常有意思。故事方面由於過於認真，有時會讓人覺得不太好受，但是氣氛的營造並不差，與故事無關的部分讓人覺得很有意思，並不會太無聊。

雖然看了《午夜快車》或《阿拉伯的勞倫斯》之後會覺得土耳其很可怕，但事實上到底如何呢？就這樣，今天一整天又與奧運無緣過去了。晚餐吃了海帶芽沙拉與蕎麥麵，順道去朋友在霞町新開的酒吧喝了兩杯伏特加東寧（Vodka Tonic），還有IW Harper威士忌加冰塊。聽了施維雅・席姆（Sylvia Sims）與莎拉・沃恩（Sarah Vaughan）的唱片。回到工作的地方，洗了澡睡覺。

八月二日（星期四）

根據《小說新潮》的松家（敬稱省略）的說法，在霞町的酒吧喝酒不能夠喝到第三杯。要做到這一點的竅門在於，平常去喝酒喝到第二杯就打住，立刻離開。要做到相當困難。在千葉住了三年之後，我對這種事已經完全生疏了。

這麼說起來，我也覺得喝了兩杯伏特加東寧之後再喝IW Harper威士忌加冰塊，似乎不太好。喝法太沒有格調了。

尤其是最近，我自己也覺得喝酒時的順序太亂來了。兩杯生啤酒下肚之後又喝威士忌，最後還要喝沛綠雅調紅酒。這實在是亂七八糟。只能夠說是順著慾望毫無節制地亂喝。

根據霞町地區評論家松家的說法，在那一帶喝酒的人有許多業界人士，業界的細分如下：①廣告相關人士，②電視相關人士，③明星編輯。關於明星編輯，我是一無所知。竟然有這種人存在，我自己也是第一次聽說，只覺得非常訝異。好像國民階層在我不知道的時候重新又做了種種編組似的。想到這裡，不禁覺得千葉這個地方實在是平和。只有農民與上班族而已。

話說我所認識的編輯裡，似乎並沒有所謂的明星編輯。不過，我還是費了些心思試著列舉出三位還算具有明星特性的編輯，個人在此予以表揚。

金牌——鈴木力（新潮）・因為與漫畫家Ishikawa Jun筆下的人物非常神似。

銀牌——安原顯（美麗佳人）．因爲總是繫著非常花俏領帶。

銅牌——西山嘉樹——（運動畫刊）．因爲每次到外地去，都會很勤快地帶土產回來給我們。

八月三日（星期五）

成田機場來電通知：「後送行李到了，麻煩過來領取」，於是我便搭上了京成電車前往成田。天氣非常熱，只是坐在位子上而已，汗水就把襯衫弄得溼答答的了。要在京成電車上找到冷氣吹，可是件極爲困難的任務。如果借用麥特•丹尼斯（Matt Dennis）的歌詞，就是：要比遇上老實的二手車商還難——這樣的情況。

話說這件所謂的後送行李，是在波士頓購買的洗臉臺與水龍頭。花了三百美元之多。我因此而向妻子抱怨了幾句，她就說：「沒辦法。在青山買的話可要三倍的價錢喏。」頂了回來。被她這麼說卻一句話也不能反駁，實在是痛苦。不過在二手唱片行，我也是跟她說：「在 DISK UNION 買可要貴上三倍噢。」而買了好些唱片。

總之，我就這樣在酷暑中來到成田。若是不熟悉領取後送行李的手續，就會覺得非常麻煩。首先，在跋涉到飛虎航空（Flying Tigers）的辦事處之前就要辛苦地接受三次盤查。在辦事處領了表格文件，在那裡逐項填寫好之後帶去關稅局，不過航空公司的人都很忙，沒有空教你如何塡表。與業者相比，個人還是會受到差別待遇。然後在關稅局砰砰蓋上印章，接下來再到航空公司的倉庫自行將貨物搬運到檢查處，以拔釘器將行李打開，檢查過之後再裝好，然後自己扛回家去。這些手續費時大約一個半鐘頭。

與關稅局人員一起開箱檢查的時候，另一個關稅局的人跑過來說：「具志堅奪得金牌了！」爲什麼具志堅會在這個時候拿到金牌，讓我覺得很不可思議，原來這個具志堅是體

操選手，與拳擊並沒有關係。（譯註：具志堅用高是七〇年代的日本拳擊冠軍，在洛杉磯奧運獲得金牌的則是體操選手具志堅幸司）

八月四日（星期六）

有些年紀之後，平常會在白天來找我玩的朋友（尤其是女性）就一個個都消失了，非常傷腦筋。這也是想當然耳的事情，因爲平常日子的白天大家都在努力工作。因爲忙，沒工夫理我這種人。

以前情況就不同了，打個兩、三通電話大概就可以找到一個整天有空的人。過了三十歲之後就沒有這種好事了。

中午和女孩子碰頭，午餐去吃天麩羅或鰻魚，接著去看兩點那場電影，離開電影院後悠閒地散一下步，傍晚去酒吧喝個小酒後道別，我一直很喜歡這樣的模式。因爲早睡早起的緣故，我並不喜歡晚上約會。一到九點左右不覺就開始昏昏沈沈的了。既然昏昏沈沈的，就順便……這種情可沒發生過。

這樣的對象如果是我的妻當然也可以，可是她不太喜歡鰻魚和天麩羅，對於電影的喜好差異也相當大，所以總是對我說：「那你找別人去好了。」但即使她這麼說，大白天就無所事事的人可不好找。

雖然我偶爾會獨自去游泳池混上一整天，但那還是空虛得很。錄音帶連續聽上兩、三個鐘頭就會覺得膩了，也沒有那麼能游，四周又都是成雙成對的情侶，實在是無聊得要命。

前些日子，以前的女朋友碰巧在剛過正午時打電話來，令人很懷念，便問道：「嘿，要不要一起去吃個飯？」可是她卻說：「別開玩笑了。我現在肚子裡正懷著老三，哪有那種閒工夫。」簡簡單單就回絕了。可見自由業這一行也相當不好做。不過這些跟奧運都沒什麼關係就是了。

八月五日（星期天）

畢竟我也算是個自由業者，是平常日子還是週末好像都沒有關係。因此，在沒有星期幾的感覺之下，日復一日過著好像都一樣的每一天。如果突然有人問今天是星期幾，我可能一時之間會答不出來。只大致記得星期二、四、六是收垃圾的日子、星期一理髮廳公休而已，這可說是走向星期遺忘症的最後一道防線。

但是傷腦筋的是，每當我想到「今就去理個頭髮好了」的時候，那天總是星期一。畢竟一個星期有七天，若是星期二或是星期六想去理髮都可以，但事情就不是這樣，準備要去理髮廳時想到「會不會正巧」，去翻月曆一看，那天必定是星期一。這實在令人相當不愉快。爲什麼會有這種事，我也無法理解。大概是命中天生的缺憾吧，我想。

由於我前往千駄谷的理髮廳單程就要一個半小時，還得花六百三十圓的電車票錢，如果千里迢迢到了那裡卻發現沒有營業，打擊就太大了。所以唯獨星期一無論如何都要用雙重圓圈標記起來提醒自己注意。如果理髮廳沒有公休的話，我覺得自己很可能就完全不會去注意星期幾這種事情了。

至於爲什麼在此淨寫些星期幾的事，是因爲我完全忘了今天是星期天，竟然還上游泳池去游泳。暑假中星期天的游泳池，簡直就像在山手線的車廂裡洗澡一樣。租個躺椅居然要等上一個鐘頭。雖說好像再三拘泥在躺椅租金上，但這裡（高輪王子飯店）是五百圓。

晚上去 On Sundays 看了弗立茲・朗（Fritz Lang）的《大都會》（*Metropolis*）。今天

還是與奧運沒有交集。於是乎——好像也不是這樣——就喝了四杯蘇打水調IW Harper威士忌和三瓶啤酒。

八月六日（星期一）

由於今天住旅館，第一次收看電視的奧運轉播。我目不轉睛地盯著電視螢幕，看看能不能找到《運動畫刊》的西山嘉樹那張笑咪咪的臉，最後還是沒有看到。在緊湊的行程中，不知道他有沒有空去看電影《魔鬼剋星》呢？雖然這是別人家的事，我還是不覺有些掛念。《魔鬼剋星》眞的非常有趣，我已經去看了兩遍。

話說這天早上我看的比賽，當然是女子馬拉松。昨晚早睡，所以我看的是八點四十五分開始的重播。NHK的播報員竟然將瓊・班諾特・山謬森（Joan Benoit Samuelson）與葛莉特・威茲（Grete Waitz）這兩位選手混在一起喊成了「瓊・威茲」，眞是好笑。看著電視，還有很多事情讓我覺得很有趣。那支掛布與螃蟹的廣告也很好笑（註：金鳥蚊香的廣告，主角爲掛布雅之，螃蟹則是取對付蚊子的諧音）。出現在電視上面的人，個個看起來似乎都很興奮。

此外，這個播報員還介紹：「綠化帶上種植了Coral Tree。也就是珊瑚木。」可是這珊瑚木到底是什麼呢？　讓人覺得好像根本就沒有說明嘛。（註：Coral Tree是刺桐）

妻子向我提出問題：「領先群裡那個人肩頭露出來的帶子，是胸罩的帶子嗎？　我剛才就注意到了，覺得很納悶。」

問我這種事還眞是傷腦筋。如果以常識來判斷，我認爲女人肩頭上露出來的帶子，不是胸罩就是那類東西的帶子嘛。就算是在洛杉磯，也不會有人佩戴著點二二口徑手槍的槍套來參加馬拉松比賽吧。這種事情就不要一一問我了吧。

妻子聽了以後說：「我還以爲是什麼特別的東西呢。」

由於我沒聽說過馬拉松的女性跑者在跑步時除了戴胸罩之外還會用什麼特殊的東西裹住乳房，便回答說應該沒有那種事。

至於比賽本身，沒有什麼特別的感想。

八月七日（星期二）

今天鎮日都窩在工作室寫小說。已經隔了八個月沒有好好寫小說了，至於長篇則是已經兩年半沒有寫了。很愉快。

到了晚上九點覺得累了，便外出到工作室附近找找有沒有酒吧之類的店可以喝個威士忌，但是像樣的店一家也沒有。不論到哪一家，推開店門都會看到卡拉ＯＫ設備，只好急忙又把門關上。

若要問我討厭什麼，沒有比卡拉ＯＫ更令我討厭的了。討厭去唱卡拉ＯＫ，也討厭看別人在卡拉ＯＫ唱歌。「卡拉ＯＫ」這個名詞也讓我覺得很不順眼。就和「Ｉ♥原宿」的徽章一樣令我覺得不順眼。

這麼一來，我只好在附近的酒鋪買了威士忌和冰塊回去，自己一個人喝著酒。然後邊喝著酒邊思考「Ｉ♥原宿」和〈我愛北海道〉哪一個比較令人不快。兩邊都一樣。半斤八兩。

原本我就不喜歡在人前發表談話、表演才藝或是唱歌。上次當衆演唱是距今八年前的事情，表演的歌曲是〈小狗巡警〉。要我唱〈小狗巡警〉的人，是一個名爲「生活向上委員會」的爵士團體裡一個酒品很差，姓原田的鋼琴手。喝醉的原田夾纏不清，硬是強迫我唱〈小狗巡警〉。和爵士樂手打交道是不會有什麼好下場的。

我所演唱的〈小狗巡警〉還配有可愛的舞蹈，只要表演這個都會大獲好評。可是就因爲太受歡迎了，讓我很不願意表演這首歌。

一路寫到這裡，可是完全與奧運扯不上關係。眞是傷腦筋。傷腦筋啦汪汪汪（註：出自〈小狗巡警〉的歌詞）。

八月八日（星期三）

在報紙電視版的奧運轉播消息上看到，有一位負責柔道解說的先生名叫上村春樹。雖然我想看看他是個什麼樣的人，可是爲此而去拜託附近電器行的老闆讓我看電視實在是件麻煩的事。何況我對柔道也完全沒有興趣。

東寶的酷斯拉系列電影中，經常會出現一個名叫村上冬樹的演員。他是個資深的配角，算是相當有名的人，應該有很多人認識他吧。從小，我就一直認爲「村上冬樹」這個名字要比「村上春樹」好。冬樹給人一種老練堅毅而沈默寡言的感覺。就像是《七武士》裡的宮口精二那樣。相較之下，春樹這個名字是給人開朗的感覺沒錯，卻帶有幾分忸怩的氛圍。不過我都已經三十五了，對於「春樹」也已完全習慣，如今不至於會還有什麼不滿。

還有一位，是在吉祥寺經營「GWaran堂」的村瀨春樹先生。由於安西水丸畫伯與這位村瀨春樹先生熟識，聽說，當我獲得文藝雜誌的新人獎名字見報時，他還認爲一定是這位村瀨先生而打電話去道「恭喜」呢。還有一件小事，這位先生其實是我太太大學時代的社團學長。據她的說法，那是因爲人家可是遠比我這傢伙要可靠而且優秀的人，話雖如此，這種事情我可不知道。光是名字相似就連人的本性都被拿來相提並論，沒有這種道理。

有一次角川書店的人曾經讚美我的名字是個「會有卓越成就的名字」，只因爲對象不同就變得相當有說服力。

八月九日（星期四）

再提一次游泳池躺椅的話題。聽神祕的已婚女編輯吉迫菅子說，豐島園游泳池躺椅的租金竟然要兩千圓。我覺得兩千圓太貴了。此外據她表示，若是星期天去豐島園游泳池游泳，還會遭到警告：「那邊的人，請不要游泳！」簡直就像詹姆士・G・巴拉德（James G. Ballard）的近未來小說似的。

今天是星期四，於是我前往千駄谷的理髮店理髮。傍晚時分一向顧客很多，但今天卻很難得的沒什麼人。我特地帶了羅勃・派克（Robert B. Parker）的《擴大的漩渦》（*The Widening Gyre*）來打算在等待的時候讀，沒想到理髮廳卻正好沒人。理髮廳這種地方還眞是難以捉摸。如果我成了大富翁的話，就雇一個日本女子大學畢業，聲音甜美的祕書，在我理髮的時候朗讀羅勃・B・派克的作品。我一直認爲若要當祕書的話日本女子大學畢業的女子最適合了，但事實到底如何呢？

在理髮廳剪著頭髮的時候，我想起今天在神宮球場有養樂多對阪神的比賽。這麼說起來，今年我還沒去看過任何一場夜間比賽，而且覺得偶爾去替養樂多燕子隊加加油享受一下「被鞭子抽打的阿拉伯勞倫斯」般被虐待狂式的快感也不錯，便逕自前往神宮球場。

沒想到竟然如願了！　十七比四耶！　老實說，我也沒料到會被結結實實被鞭打到這種地步。而且還是在難得的五連勝狀況下，到第八局爲止都還呈現你來我往的拉鋸戰，讓我以爲養樂多隊多少已經改頭換面了，但是到了第九局上半中本卻被轟得丟了十一分。一名投手責任失分十一分的比賽，簡直就是慘不忍睹。竟然一局就丟了十一分，不如大家當場一起躺下放棄比賽還比較好。我打從心底這麼認爲。發現一個長相酷似淺田彰先生的賣啤酒小弟，是本日唯一的收穫。

八月十日（星期五）

羅勃・派克讀完之後（事實上轉眼之間就結束了），接著讀T・E・勞倫斯（Thomas Edward Lawrence）的《智慧七柱》（*Seven Pillars of Wisdom*）（平凡社・東洋文庫）。雖說是本相當有意思的書，但是艱澀得要命，或是說無法解讀的文章接連不斷出現，實在令人望而生畏。例如：「畢竟還是會發生與不至於使部屬們自動自發的意志萎縮，隨時都有立刻接下直屬長官職務的心裡準備，並維持完整秩序這種薄弱的假設無關，或是與在偉大的階級組織中順利移轉直到歸屬於最後兩名殘存士兵中的高階者這種指揮效果無關，之類的突發事件。」（第三卷九十二章）

雖然我覺得是因爲自己腦袋不夠好的緣故，但是這樣的文章即使讀了兩、三遍之後還是完全不知道在講些什麼。大概要反覆讀上個十遍才能夠大致掌握其中的意思哩。

由於我是個恐怖片迷，去看了《戰士魔鬼堡》（*The Keep*）。與《十三號星期五》（*Friday the 13th*）的完結篇聯映。《十三號》系列裡總是會出現一群看起來很沒大腦的女孩子，隨隨便便就脫了衣服，然後轉眼之間就遇害了，這種固定模式我原本不太想看，但反正有空姑且還是看了。依舊很糟糕，不過這次出現了雙胞胎姊妹的性愛鏡頭，就原諒一次吧。只要有雙胞胎出現，再怎麼樣我都會立刻原諒。可是看著傑森老老實實地將那些尖聲驚叫四處亂竄的笨女孩一個個殺掉，最後竟然對他產生了同情心，眞是不可思議。眞想招待他去原宿那一帶玩玩。至於《戰士魔鬼堡》方面，企圖心還不錯，可是線索支離破碎的心理劇式誇張對白以及好像二十年前的東寶電影一樣製作簡陋的怪物卻令人覺得掃興。此外片中那個要將怪物封印起來，具有精靈氣質的阿叔〔在《太空先鋒》（*The Right Stuff*）中飾演薛柏中校（Alan Shepard）的那位〕居然表示「因爲想嘗試看看」而毫無意義地去勾搭凡人女子，我覺得實在是不太好。

八月十一日（星期六）

我一直是使用北斗舍出品的稿紙來寫稿的，但是現在不知怎地竟然是使用文化出版局專用稿紙來寫這篇稿子。大概是因爲偶爾也想要轉換一下心情吧。

說到出版社所提供的兩百字稿紙，我最喜歡的是角川書店《*The Television*》雜誌的稿紙。或許是格子的顏色與百利金（**Pelikan**）皇家藍的墨水非常搭調的緣故吧。似乎我的個性就是比較會在意這類的瑣事。由於文化出版局的稿紙是綠色格子，在這層意義上不太合我的意。

話說回來，啪啦啪啦翻著角川書店的這份《*The Television*》時看到，奧運的男子馬拉松將在十三號的九點開始轉播。以前有馬拉松轉播時，我總是會前往住在小田急線經堂的女孩子（說是這麼說，但她是我大學時的同學，如今已三十六歲了）那裡借看電視，但這回是一大早，特地從千葉搭通勤電車跑去經堂也太費事了。

於是乎我來到附近的電器行，打聽一下是否有出租電視。當然有囉，我一聽便高高興興租了回去。如此一來就已做好萬全的準備。剩下的就有請瀨古加油了。

換個完全無關的話題，我覺得華特・希爾（**Walter Hill**）導演的《狠將奇兵》（*Street of Fire*），宣傳海報作得實在太糟了。美國版粗獷的木版畫風格的海報就非常棒，怎麼日本版看起來卻像是低級趣味的低成本搖滾電影一樣。不過那部電影好像漫畫似的非常有意思。

人在洛杉磯的西山嘉樹寄了明信片來，說是沒有辦法去看《魔鬼剋星》。看來他正認眞地在採訪。

八月十二日（星期天）

今天整理整理，回了五封信。我實在是懶於動筆，非寫不可的信除此之外大概還有十五封。雖然覺得很不好意思，但是一來得工作，要我休息一下寫個信，也完全提不起那個勁。與其寫什麼信，不如去遊樂中心打電動玩具還比較快樂，也可以轉換一下心情。這麼一來非寫不可的信就越來越多了。

以前的知名作家幾乎個個都有書簡集流傳於世，那到底是怎麼回事呢？大概是因爲有教養又有閒，而且沒有遊樂中心的緣故吧，我想。畢竟我的處境與這些條件完全相反所以沒辦法，雖然很想這麼說，但是光是這麼說也無濟於事，我想還是趁這個機會整理整理寫個信吧。

各位，拖了這麼久才回信，眞是不好意思。炎熱的日子一直持續著。我目前正在挑戰「星際保衛戰」（Xevious）二十萬分大關。那實在相當困難。岡Midori小姐，謝謝妳的涼麵。木下陽子的小寶寶好嗎？

話說奧運的賽事只剩下一天了。這個奧運日記也在幾乎沒有觸及奧運的情況下，再一回就要結束了。可是明天有我所期盼的男子馬拉松。只要有這個，其他奧運什麼的都大可不必了，有如江戶紫般最具代表性的男子馬拉松。電視已經裝設好，畫面清晰；罐裝啤酒已放進冰箱冷藏；慢跑鞋也放在枕頭旁邊（這是胡謅的），這麼一來便準備就緒了。萬分期待。我等不及明天到來，於是傍晚便去附近的田徑場跑了十五公里。我之所以去跑步，要說沒有辦法忍耐也的確是沒有辦法忍耐。

八月十三日（星期一）

看了男子馬拉松比賽。瀨古輸了。眞可惜。

不過，我覺得這也是無可奈何的事情。既然是比賽，就會有贏有輸。雖說看的人覺得遺憾，但又不是看的人自己在跑，再怎麼覺得遺憾也無可奈何。反正輸了就已經輸了，還是趕快置諸腦後比較好。

最令我受不了的，就數那些緊接著不斷出現，糾纏不清的媒體評論了。說什麼瀨古是機器人啦，那是教練的戰略錯誤啦，或是耐力不夠什麼的。增田明美的情形也是如此，但是增田的意志力是增田個人的問題，應該和其他人沒有關係吧。畢竟是反反覆覆參加比賽，自然有贏也會有輸。我認爲不論贏也好輸也好，都要熱情而誠摯地去迎接他們才合情合理。若要鷄蛋裡挑骨頭、發表那些不說也罷的評論，我覺得全都衝著職棒去就夠了。

雖然不太想說這種話，但是我認爲日本媒體的奧運瘋一直都不太正常。這《運動畫刊》畢竟也算是一份專業的運動雜誌就姑且不提了，媒體對於瀨古、增田和長崎等人所發動有如集中豪雨的攻勢，那種激烈的程度實在是讓人看不下去。如果我是瀨古而受到如此待遇，這個時候不發瘋才怪。壓力這種東西可不能小看哪。雖然對負責採訪的人而言這終究是工作應該也有種種苦衷，但若是衷心期望瀨古能夠取勝的話，爲什麼不能夠爲他稍微克制一下呢？不論是對高中棒球或是奧運，我希望都能夠適可而止才好。

原發表雜誌《運動畫刊》（*SPORTS GRAPHIC NUMBER*）

〈剪報〉

一九八二年四月二十日發行　第四十九號起

一九八六年二月二十五日發行　第一百四十一號止

〈別擔心。有趣得很——東京迪士尼樂園〉

一九八三年四月二十日發行　第七十三號

〈與奧運沒什麼關係的奧運日記〉

一九八四年九月二十五日發行　臨時增刊《一九八四年夏　剎那的光輝》

圖片來源

WWP

arttoday網站

藍小說 931

懷念的一九八〇年代

作　　者—村上春樹
譯　　者—張致斌
主　　編—葉美瑤
編　　輯—黃嬿羽
美術編輯—黃子欽、鍾佩伶
企　　劃—黎家齊
校　　對—張致斌、黃嬿羽
董 事 長—趙政岷
出 版 者—時報文化出版企業股份有限公司
108019台北市和平西路三段二四〇號四樓
發行專線—（〇二）二三〇六—六八四二
讀者服務專線—〇八〇〇—二三一—七〇五
（〇二）二三〇四—七一〇三
讀者服務傳真—（〇二）二三〇四—六八五八
郵撥—一九三四四七二四　時報文化出版公司
信箱—10899臺北華江橋郵局第九九信箱
時報悅讀網—http://www.readingtimes.com.tw
電子郵件信箱—big@readingtimes.com.tw
法律顧問—理律法律事務所　陳長文律師、李念祖律師
印　　刷—勁達印刷有限公司
初版一刷—二〇〇二年五月六日
初版六刷—二〇二三年四月七日
定　　價—新台幣一八〇元
（缺頁或破損的書，請寄回更換）

時報文化出版公司成立於一九七五年，
並於一九九九年股票上櫃公開發行，於二〇〇八年脫離中時集團非屬旺中，
以「尊重智慧與創意的文化事業」爲信念。

懷念的一九八〇年代／村上春樹著；張致斌譯. -- 初版. -- 臺北市：時報文化, 2002〔民91〕
面；　公分 .--（藍小說：931）

ISBN 957-13-3644-0（平裝）
ISBN 978-957-13-3644-2（平裝）

861.55　　91005862

ISBN 957-13-3644-0
ISBN 978-957-13-3644-2
Printed in Taiwan

請沿虛線摺下裝訂，謝謝！

廣告回郵
北區郵政管理局登
記證北台字1500號
免貼郵票

時報出版
CHINA TIMES PUBLISHING COMPANY
尊重智慧與創意的文化事業

地址：108台北市和平西路三段240號3樓
讀者服務專線：080-231-705・(02)2304-7103
讀者服務傳真：(02)2304-6858
郵撥：01038540 時報出版公司

請寄回這張服務卡（免貼郵票），您可以——
●隨時收到最新消息。
●參加專為您設計的各項回饋優惠活動。

寄回本卡，掌握藍小說系列的最新訊息

揮發感性筆觸；捕捉流行語調—湛藍的、海藍的、灰藍的……

藍小說

無限馳騁藍色想像空間——無國界的小說新地帶。

編號：AI0931	書名：懷念的一九八○年代
姓名：	性別：＿＿＿ 1.男　2.女
出生日期：　年　月　日	身份證字號：

＿＿＿ **學歷**：1.小學　2.國 中　3.高中　4.大專　5.研究所（含以上）

＿＿＿ **職業**：1.學生　2.公務（含軍警）　3.家管　4.服務　5.金融
6.製造　7.資訊　8.大眾傳播　9.自由業　10.農漁牧
11.退休　12.其他

地址：＿＿＿縣（市）＿＿＿鄉鎮區＿＿＿村＿＿＿里
＿＿＿鄰＿＿＿路（街）＿＿＿段＿＿＿巷＿＿＿弄＿＿＿號＿＿＿樓
郵遞區號＿＿＿

（下列資料請以數字填在每題前之空格處）

＿＿＿ **您從哪裡得知本書／**
1.書店　2.報紙廣告　3.報紙專欄　4.雜誌廣告　5.親友介紹
6.DM廣告傳單　7.其他＿＿＿

＿＿＿ **您希望我們爲您出版哪一類的作品／**
1.長篇小說　2.中、短篇小說　3.詩　4.戲劇　5.其他＿＿＿

您對本書的意見／
＿＿＿ 內　容／1.滿意　2.尚可　3.應改進
＿＿＿ 編　輯／1.滿意　2.尚可　3.應改進
＿＿＿ 封面設計／1.滿意　2.尚可　3.應改進
＿＿＿ 校　對／1.滿意　2.尚可　3.應改進
＿＿＿ 翻　譯／1.滿意　2.尚可　3.應改進
＿＿＿ 定　價／1.偏低　2.適中　3.偏高

您的建議／

請沿虛線撕下後對折裝訂寄回，謝謝！